MIS TARDES EN EL PEQUEÑO CAFÉ DE TOKIO

Planeta Internacional

MICHIKO AOYAMA

MIS TARDES EN EL PEQUEÑO CAFÉ DE TOKIO

Traducción de Marta Morros Serret

Obra editada en colaboración con Editorial Planeta – España

Título original: *木曜日にはココアを (MOKUYOUBI NI HA COCOA WO)*

Original Japanese edition published by Takarajimasha Inc., Tokyo
Spanish language translation rights arranged with Takarajimasha Inc. through The English Agency (Japan) Ltd. and New River Literary Ltd.

Bajo el sello editorial PLANETA M.R.
Avenida Presidente Masaryk núm. 111,
Piso 2, Polanco V Sección, Miguel Hidalgo
C.P. 11560, Ciudad de México
www.planetadelibros.com.mx

Primera edición impresa en España: mayo de 2025
ISBN: 978-84-08-30346-6

Primera edición impresa en México: septiembre de 2025
Primera reimpresión en México: noviembre de 2025
ISBN: 978-607-39-3326-1

Impreso en los talleres de Operadora Quitresa, S.A. de C.V.
Calle Goma No. 167, Colonia Granjas México, C.P. 08400, Iztacalco, Ciudad de México.
Impreso en México – *Printed in Mexico*

CAPÍTULO 1

EL CHOCOLATE CALIENTE DE LOS JUEVES

[Marrón · Tokio]

La persona que me gusta se llama Chocolate.

Bueno, en realidad desconozco su verdadero nombre. Solo yo la llamo así.

Siempre se sienta junto a la esquina de la ventana de la cafetería donde trabajo, el Marble Café.

Hace medio año que viene sola y escoge invariablemente ese mismo lugar para sentarse. Y, de igual manera, siempre elige tomar lo mismo.

—Un chocolate caliente, por favor —suele pedirme tras alzar sus ojos brillantes como gotas de agua. Se le mueve la melena castaña mientras lo dice.

El Marble Café se erige en una esquina de un tranquilo barrio residencial de Tokio. Se trata de un pequeño establecimiento escondido al final de la hilera de grandes cerezos que bordean el río. Al otro lado del puente, hay un sinfín de tiendas, pero de nuestro lado solo hay casas y apenas transita gente. Como no hacemos publicidad y las revistas no nos hacen entrevistas, el negocio sigue adelante gracias a nuestros clientes habituales.

La cafetería tiene tres mesas y una barra con capacidad para cinco personas. Las sillas y las mesas son de madera, y del techo cuelga una lámpara.

El local nunca está lleno, pero tampoco vacío, y yo siempre estoy listo, con el delantal bien apretado, para recibir a los clientes.

Los jueves es el día en que Chocolate viene a la cafetería.

Aparece por la puerta después de las tres de la tarde y se queda unas tres horas. Lee y escribe unas largas cartas en inglés, lee libros —también en inglés— y mira por la ventana. La mayoría de los clientes que vienen por la tarde entre semana son familias con niños o gente mayor, de modo que es poco habitual que una chica joven como Chocolate aparezca por la puerta. No parece que sea una estudiante y tampoco lleva anillo de casada, y diría que debe de ser un poco mayor que yo, que tengo veintitrés.

Por mi parte, no hablo ni una palabra de inglés, y

ni siquiera recuerdo cuándo fue la última vez que escribí una carta.

De modo que el hecho de que escriba lo que le sucede y siente en su día a día y lo mande a un país extranjero, y que también reciba respuestas de allí, me parece totalmente de otro mundo. Usa un papel tan fino como el de calcar y unos sobres ribeteados de color azul, blanco y rojo. Que escriba cartas tan largas a mano en la era de la tecnología es un misterio en sí mismo, pero que Chocolate use un material tan retro me parece todavía más irreal.

Cuando paso a su lado, observo de reojo su bella caligrafía escrita con pluma estilográfica, y me pregunto qué tipo de hechizos mágicos debe de estar escribiendo.

Me encanta observar a Chocolate mientras escribe. Sus labios esbozan una ligera sonrisa, se le sonrojan las blancas mejillas y, cada vez que parpadea, sus largas pestañas de color café oscuro le trazan una sombra bajo los ojos.

En esos momentos, Chocolate jamás me mira, así que yo puedo observarla sin reparos. Me parece que la persona con la que mantiene correspondencia es muy importante para ella, y en mi risueño corazón confluye cierta envidia.

Empecé a trabajar en la cafetería al principio del verano de hace dos años.

Todo se desencadenó en un paseo bajo los frondosos cerezos de la ribera, mientras me preguntaba distraído hasta dónde llegaría aquella hilera de árboles.

En aquel entonces yo no tenía empleo. La cadena de restaurantes para la que había empezado a trabajar al terminar la preparatoria pasaba por un mal momento económico y me habían despedido. Aquel día salía, como de costumbre, de las oficinas de Hello Work sin haber encontrado ningún puesto, con toda la ansiedad y el tiempo libre del mundo. Así que caminé siguiendo el recorrido de los cerezos hasta llegar al final, donde descubrí el Marble Café detrás del espeso follaje. Me sorprendió que allí hubiera una cafetería. Comprobé que traía algunas monedas en el monedero y, como me alcanzaba para un café, abrí la puerta.

El establecimiento era pequeño, y en su interior se respiraba un ambiente muy relajado. Como no tenía adónde ir, agradecí que hubiera un asiento libre. Aunque era la primera vez que estaba allí, con solo entrar sentí una suerte de alivio, como si hubiera llegado a mi propia casa. Aquel lugar no tenía nada que ver con el ruido y el frenesí que imperaban en los restaurantes de cadena. Deseé trabajar en un sitio como aquel...

Observé la cafetería, y contuve la respiración. En ese preciso instante, un señor estaba colgando un cartel en el que se anunciaba que requerían personal para media jornada. ¡En qué buen momento llegué! Me senté en la barra con el corazón acelerado.

Después de colgar el cartel, el mismo señor me trajo el menú y un vaso de agua. Debía de tener unos cincuenta años. Era menudo, delgado y tenía las facciones relajadas, y un lunar en medio de la frente que me llamó la atención. Miré el menú, de diseño elegante, y tras examinar los precios me dispuse a pedir:

—Un café, por favor.

—Ahora mismo.

El señor del lunar entró en la barra. Gotita a gotita, me hizo un café de sifón, mientras yo lo observaba fijamente.

—Este... ¿Es usted el jefe?

—Sí. Llámame «maestro». Es que..., ¿sabes?, siempre había soñado con ser maestro cafetero y tener mi propia cafetería.

El maestro me acercó el café desde el otro lado de la barra.

De la taza, hecha de cerámica sin esmaltar, manaba un aroma exquisito. Di un sorbo y un sabor delicado, pero a su vez intenso, se apoderó de mi paladar. Luego me levanté con determinación.

—¿Podría hacerme una entrevista para el puesto? Me gustaría trabajar aquí.

El maestro permaneció en silencio durante unos cinco segundos mientras escrutaba con seriedad mi semblante.

—De acuerdo. Jornada completa —dijo al fin.

Me quedé boquiabierto. No le había dado ni siquiera mi nombre, pero ya me estaba ofreciendo un trabajo de jornada completa en lugar de tiempo parcial.

—Pero ¿no quiere ver antes mi currículum o mi identificación?

—No es necesario. Confío en mi intuición. ¿Prefieres un trabajo de media jornada? ¿No te queda uno de tiempo completo?

—No es eso...

—En ese caso, ¡no se diga más!

El maestro salió de la barra y despegó el cartel con la oferta de empleo. Y de ese modo fue como pasé a ser empleado del Marble Café.

—Wataru, voy a estar fuera un tiempo, así que te dejaré al mando. Al fin y al cabo, eso es lo que tenía pensado hacer. ¡Me alegro de que hayas llegado antes de lo esperado! —me comentó el maestro un rato después.

—Pero ¿ser maestro cafetero no era su sueño? —le pregunté poco convencido.

—Ya logré hacer realidad mi sueño. ¡Me encanta soñar! Ahora: ¡por el siguiente! —respondió con embeleso en la mirada.

De aquel día hace ya dos años, y desde entonces llevo el Marble Café yo solo. Por supuesto, sigue estando a nombre del maestro, y yo soy el encargado. Es extraño que te confíen un establecimiento así de imprevisto, pero las circunstancias fueron tan asombrosas que ni siquiera tuve tiempo de planteármelo. Esta pequeña cafetería no tenía ningún tipo de normativa como las de las cadenas de restaurantes, y lo único que el maestro me enseñó en su momento fue a cerrar la puerta. De modo que fui aprendiendo a realizar mi trabajo mediante el método de ensayo y error, y poco a poco los clientes fueron en aumento. Entre ellos, había una anciana que me trataba como si fuera de su propia familia, y también un padre que a menudo acudía con su hijo al salir del jardín de niños. El maestro aparecía de vez en cuando con algunos cuadros para la cafetería, que yo solía incluso decorar a mi gusto, y, cual cliente, se sentaba en la barra a leer el periódico deportivo.

Mis propios espacios se reducían a un diminuto departamento que alquilaba en un segundo piso y la cafetería, pero yo en ese pequeño mundo estaba más que satisfecho. Aunque el departamento era viejo y estrecho, me gustaba porque tenía una cocina de gas con dos quemadores fácil de usar; pero, sobre todo, mi satisfacción provenía de que estaba encantado con la cafetería. Y porque, además, me había enamorado de una inteligente clienta de cabello castaño. Quizá que alguien se enamore de un cliente suyo no sea lo mejor, pero qué hay de malo en que uno se enamore. Como diría el maestro, ¡me encanta soñar! Yo me dedicaba a amarla únicamente en silencio, sin más. Y eso bastaba para darme fuerzas, para que yo diera lo mejor de mí en, por ejemplo..., prepararle el chocolate caliente más exquisito del mundo todos los jueves. Eso era todo.

Cierto jueves de mediados de julio en que, llegado el fin de la época de lluvias, el cielo lucía radiante, observé, nervioso, que la puerta se abría como de costumbre después de las tres.

Sin embargo, aquel día no apareció la Chocolate de siempre. Llevaba la bolsa sobre los hombros con pesadez, y parecía alicaída. Había llegado en mal momento, porque su asiento preferido estaba ocupado por otra clienta: una mujer que parecía muy lista y que vestía con una camisa con mucho estilo y una falda estrecha. La mujer tenía varios libros sobre la mesa e iba consultando su tableta con asiduidad. Chocolate vio a la mujer y se sentó de espaldas a ella, tras la mesa vacía que había en el centro de la cafetería.

Yo le llevé el agua y el menú y, a pesar de que era un día caluroso de mucho sudar, Chocolate pidió su habitual taza de chocolate caliente. Al pedirlo, me miró por un instante, pero enseguida volvió a postrar la mirada en la mesa. Tras llevarle el chocolate caliente, permaneció también con la cabeza baja. Aquel día no sacó ningún sobre, pluma ni papel. Se quedó observando el borde de la mesa.

Entonces, me di cuenta. Por su mejilla resbaló una frágil lágrima.

Quise correr hacia ella, pero no podía.

Para Chocolate yo no era más que el botón de una máquina expendedora. Por su apariencia, parecía una chica educada, con buen inglés, que había vivido en el extranjero durante un largo periodo de tiempo, o en varias ocasiones. Era muy probable que la persona con la que se carteaba fuera un amor a distancia, que su mundo fuera totalmente ajeno al mío y que lo único que tuviéramos en común fuera la cafetería.

Sin embargo, en ese instante la tenía a mi alcance y pensé que, si por mí fuera, le habría secado las lágrimas.

Quería asirle la mano con suavidad y decirle que todo iba a ir bien.

Sin embargo, tenía claro que aquel milagro no iba a ocurrir. Como tampoco podía saber a ciencia cierta que todo iba a estar bien. El empleado de un café con una clienta habitual. No podía quitarme el delantal, pero si pudiera ayudarla de algún modo... Si pudiera ayudar de algún modo a Chocolate...

¡Plof! ¡Plaf! De repente, a la clienta de la tableta que se encontraba en la silla donde acostumbraba a sentarse Chocolate se le cayeron dos libros al suelo. La mujer suspiró con profundidad, como fatigada, y recogió los libros. Aquel día, ambas parecían estar en problemas.

La mujer echó un vistazo a su reloj de pulsera.

—¡No puede ser! ¡Qué tarde es! —exclamó, y después metió los libros en una bolsa negra y se acercó a la caja a toda velocidad.

Me sentí mal por aquella clienta, pero en mi interior pensé: «¡Esta es la mía!».

Preparé la cuenta deprisa y fui a la mesa con la charola. Recogí el vaso largo que había contenido un café frío y el del agua a medio beber, el *oshibori*[*] y la envol-

[*] Toalla pequeña húmeda, fría o caliente, que se ofrece en restaurantes y otros establecimientos en Japón para limpiarse las manos o el rostro antes de comer. *(N. de la t.).*

tura del popote del café. Lo puse todo en la charola y limpié la mesa con tanta rapidez que, si existiera, podría haber ganado el «campeonato del orden».

—¡Todo tuyo! —dije con tanta excitación que Chocolate alzó el rostro, estupefacta.

Yo parpadeé ante la idea de que quizá me había excedido, pero quería transmitirle lo que pensaba, así que me armé de valor y añadí:

—Tu asiento... Si te sientas donde te gusta, quizá te anime.

Chocolate abrió todavía más sus grandes ojos, y volvió la cabeza hacia la mesa que acababa de quedarse vacía con expresión de perplejidad.

Y en ese instante, cual nieve cuando se derrite, sonrió.

—¡Gracias! Quizá.

Chocolate se cambió al sitio de siempre y permaneció un rato observando a través de la ventana. Más tarde, para mi sorpresa, al terminar su chocolate, pidió otro. Mientras le llevaba la segunda taza, Chocolate se puso a escribir una carta como de costumbre, y justo cuando me disponía a posar la taza sobre su mesa, de repente balbuceó:

—Este...

Me sobresalté tanto que me tembló la mano y de la taza se derramaron unas gotas que cayeron sobre el papel.

—Pe... Pe-pe-pe, ¡perdón!

Con lo bien que estaba yendo todo, y yo metiendo la pata de aquel modo. Se me heló la sangre de la cabeza a los pies, y rápidamente hice un ademán de limpiar el chocolate con una servilleta de papel.

—¡Un momento!

Chocolate posó una mano sobre la mía. Esta vez, el corazón me dio un vuelco cual pez que salta en el agua.

—¡Mira! ¡Un corazón de chocolate!

—¿Un corazón?

Miré con atención y vi que, efectivamente, la mancha de chocolate se había derramado en forma de un corazón color café.

—¡Qué gracioso! ¡Lo mandaré así!

Chocolate se emocionó como una niña que ve un arcoíris. Me fascinó verla sonreír de aquel modo. Mi pez interior no dejaba de dar saltos.

—Le recomendaré que se anime con una taza de chocolate caliente —dijo, y escribió aquello en inglés con fluidez y una elegante caligrafía.

Chocolate volvía a sonreír en su asiento con aire feliz como de costumbre.

Entonces lo comprendí. Incluso en un mundo tan reducido como el mío, los milagros ocurren. Como aquella mano delicada que me tocó por primera vez. O esa sonrisa efusiva dedicada solo a mí.

Al lado del corazón de chocolate, vi que ponía «*My dear best friend, Mary*». A pesar de no saber inglés, entendí. La carta estaba dirigida a su mejor amiga, Mary. Desconocía por qué Chocolate había llorado aquel día, pero, feliz de saber que la persona con la que se carteaba no era un amor a distancia, escondí mi sonriente rostro detrás de la charola.

CAPÍTULO 2

UN *TAMAGOYAKI* SINCERO

[Amarillo · Tokio]

Al salir del Marble Café, me di cuenta de que me sobresalía un libro de la bolsa, y pensé que las fantasiosas ilustraciones de la portada no combinaban en absoluto con mi bolsa Birkin. De modo que empujé el libro hasta el fondo y fui disparada a por mi hijo Takumi al jardín de niños.

El jardín de niños suele terminar a las dos, pero ofrece la posibilidad de extender el horario hasta las cuatro. Teruya, mi marido, había solicitado el servicio con antelación, de modo que gracias a él aquel día pude asistir a una reunión de mi departamento a mediodía y después irme temprano. Aun así, había conseguido salir antes de lo previsto, de modo que me detuve a tomar un café en mi cafetería preferida de al lado de la ribera, para preparar la jornada del día siguiente.

¡Cuánto me gusta el Marble Café! Como está escondido detrás de un camino de cerezos, puede verse el transcurrir de las estaciones desde su ventana. El interior es apacible y relajante, y el chico joven y guapo que trabaja allí es un regalo para la vista. En los tiempos que corren, es difícil encontrar a una persona sencilla como él. Los sándwiches calientes que prepara no destacan por su aspecto, pero están bien hechos y su sabor tiene algo que me transporta al pasado. Siempre he creído que la comida revela la personalidad de quien la prepara.

Sin embargo, aquel día no pude relajarme demasiado, porque justo cuando acababa de abrir los libros para adentrarme en un género nuevo, me llegó un correo urgente de trabajo. Uno de mis subordinados había cometido un error y me pedía ayuda. Me apresuré a darle instrucciones y le pedí que se disculpara con el cliente de mi parte. Concentrada en responder el correo desde mi tableta, dos libros que tenía en la mesa se me cayeron al suelo causando un gran revuelo. Como acababa de comprarlos y a uno de ellos se le dobló una esquina, exhalé con pesar, y tuve la extraña sensación de que aquello era un mal presagio.

Observé mi reloj de pulsera y me di cuenta de que eran casi las cuatro, la hora de recoger a mi hijo. Estábamos a mitad de julio y todavía hacía un sol inclemente. Como si el sol me empujara, mis piernas aceleraron el paso enfundadas dentro de las medias. Tenía la bolsa a reventar porque, además de los documentos de trabajo, había embutido dos ediciones especiales de un par de revistas.

El jardín de niños estaba al otro lado de uno de los puentes. Recogería a Takumi, cenaríamos pronto en un restaurante familiar, regresaríamos a casa y luego... Un baño y a la cama después. Porque yo aquel día tenía que practicar. Me había propuesto cumplir una misión, una tarea mucho más difícil que cualquiera de mis obligaciones laborales, la más importante desde mi boda: era la primera vez que tenía que preparar el *bentō** de Takumi del día siguiente.

En la cafetería acababa de hojear una de aquellas dos revistas sobre *bentō*, y un artículo llevaba por título: «Cinco colores clave para preparar un *bentō* delicioso». Rojo, verde, negro, café y amarillo. El rojo era pan comido, porque bastaba con añadir unos tomates cherry. El verde lo aportaba el brócoli, que

* Comida para llevar preparada en casa o comprada que tiene el arroz como alimento principal, acompañado de carne o pescado y alguna verdura. *(N. de la t.)*.

debía hervirse. Cocinar no era mi fuerte, pero hasta ahí llegaba. El negro era el alga nori, si es que quería hacerle un pequeño *nigiri*; y el café se conseguía friendo una salchicha de Frankfurt. Desconocía cómo, pero al parecer esta podía cortarse para darle forma de pulpo o de cangrejo.

Pero el amarillo...

Sí, el amarillo era el problema. Alimento amarillo para meter en un *bentō* solo había uno.

Al ver de lejos la puerta del jardín de niños, caí en la cuenta de que era la primera vez que recogía a Takumi. Hacía más de dos años que iba allí, pero yo solo había asistido a la reunión informativa, al festival deportivo y a la fiesta de Navidad. En todas las ocasiones con Teruya con la cámara en mano. Pero aquel día mi marido no estaba conmigo. Traspasé el umbral de la puerta, nerviosa por el hecho de ir sola, y oí que a mi lado alguien me saludaba con un «¡Hola!».

Volví la cabeza y me encontré con un círculo de cuatro madres. Un grupo de niños jugaba a las atrapadas a su alrededor. Ni ellas ni los niños se me hacían conocidos y me puse tensa.

Una madre que llevaba una blusa a rayas se me quedó observando. Debía de ser la madre que me había saludado. Llevaba el cabello —que lo tenía seco— recogido, y unos lentes con el armazón plateado.

—Hoy no vendrá a recogerlo su padre, ¿entonces?

—Pues... N... No.

Me esforcé al máximo a sonreírle con amabilidad mientras trataba de recordar quién era. La señora de la blusa a rayas había tenido el detalle de saludarme, pero, incapaz de alargar la conversación, forzó una sonrisa. Quise irme de allí a toda prisa, así que le dediqué una reverencia para después volverme en dirección al edificio de la escuela. El resto de las madres también forzaron una sonrisa, me devolvieron la reverencia con una sucinta inclinación de cabeza y se quedaron mirándome. Por detrás, oí que decían:

—¿Quién es?

—La madre de Takumi.

—¡Aaah!

—¿Así que su padre no vendrá hoy...? Yo había pedido que se quedaran al mío un rato más porque tenía trabajo, y al ver a Takumi pensé que vería a su padre... —pude oír con nitidez que decía una de las madres del círculo, y al escuchar aquello me detuve de repente.

«¡Vaya! ¡Así que Teruya es un padre popular!», pensé y, sin volver la cabeza, emprendí de nuevo la marcha.

Ya dentro del jardín de niños, Takumi vino corriendo hacia mí.

—¡Mamá! —gritó a la vez que meneaba su melena con corte de hongo y extendía los brazos a los lados, como si fuera un avión.

Nunca se había subido a ninguno y le fascinaban.

Detrás de Takumi iba una maestra que tendría unos veinte años. Si no me equivocaba, se trataba de Eri, la ayudante de la profesora principal. Tenía una piel suave y brillante como la seda, y llevaba un delantal rosa que le quedaba de maravilla.

—¡Ay! Pero si es la primera vez que mamá viene a por ti, ¿verdad? ¡Qué ilusión, Takumi!

Otra vez con eso. ¿Tanto les extrañaba que fuera a recoger a mi hijo, o es que acaso todas deseaban ver a Teruya? Quizá me estaba poniendo paranoica, pero como no solía dejar ni recoger a mi hijo del jardín de niños, me lo tomé como un reproche.

Takumi sacó la mochila de su casillero y se dirigió a la maestra.

—¡Papá está en Kioto!

Ella se agachó para estar a su altura visual.

—¿En Kioto? ¿Está de viaje?

—¡Sí! ¡Por trabajo!

—¡Vaya! ¿Papá empezó a trabajar?

—Bueno, no exactamente... —respondí a la maestra mientras le colgaba a mi hijo la mochila en la espalda.

—Takumi en Tokio, papá en Kioto. ¡Tokio y Kioto! —canturreó mientras se dirigía a la puerta, contento por haberse acordado del nombre de las dos ciudades.

Al parecer, el cerebro de los niños de cinco años disfruta aprendiendo cosas nuevas.

Desde la ventana, vi que las madres de antes seguían hablando animadas en círculo.

—Por cierto, ¿de quién es madre aquella mujer de la blusa a rayas? —le pregunté en voz baja a la maestra.

—¡Ah, es la madre de Ruru! Ruru Soejima.

«Soejima. Ruru Soejima», repetí para mis adentros y, en aquel ejercicio de memoria, me vino el vago recuerdo de que el día de la reunión introductoria ella estaba sentada a mi lado. Quizá en aquella ocasión nos habíamos saludado y presentado brevemente.

—Bueno, tenemos que irnos. Gracias, Eri.

Me despedí de la chica con una leve reverencia y entonces me di cuenta de que en el delantal llevaba bordado el nombre de «Ena».

Qué equivocación. No se llamaba Eri sino Ena. Sin embargo, la maestra no se mostró en absoluto molesta, me dijo adiós con una sonrisa y se fue a saludar a otra madre.

«Eso. Adiós». Me fui de allí a toda prisa, como

queriendo esconderme. La profesora debía de pensar que era una estúpida. Me sudaba la frente, y no solo por el calor que hacía.

En la calle, Takumi me tomó de la mano y alzó la cabeza para mirarme.

—Oye, mamá, ¿papá se fue en avión?

—No. Fue a Kioto en tren bala.

—¿El tren bala vuela?

—No, no vuela.

—¡Los escarabajos vuelan!

—¿Y eso qué tiene que ver?

—¡Tren Takumi con destino a Kioto! ¡Listos para el despegue! ¡Vamooos!

Vaya relajo hacía, pero qué gracioso era.

Sin darme cuenta, solté un suspiro y estreché la mano de Takumi con fuerza.

Se oía el estridor de las cigarras. Recordé que unos días atrás Takumi había traído a casa un huevo de cigarra vacío que dijo haber encontrado con su padre. Mientras pensaba que Teruya y Takumi recorrían aquel mismo camino todos los días mientras observaban el transcurso de las estaciones, de repente me sentí como una extraña y el corazón me dio un vuelco.

Teruya, mi marido, es pintor de cuadros. Aunque ahora mismo no vende, solo pinta. Nos conocimos en una agencia de publicidad para la que ambos trabajábamos; él es dos años menor que yo y en aquel entonces estaba a mi cargo.

—Quiero dedicarme a pintar. Si te parece bien, podría dejar la empresa y encargarme de las tareas de casa —me comentó un día cuando estábamos a punto de casarnos.

Aunque cuando me lo dijo me mostré sorprendida, para mis adentros pensé que estaba de suerte, porque yo siempre había vivido en casa de mis padres y jamás había lavado un tazón ni encendido la arrocera.

Trabajar me parecía mucho más divertido que hacer tareas domésticas, y apoyar a mi marido, que quería ser pintor, me pareció una razón muy lícita para centrarme en mi carrera.

De este modo, poco a poco fui dedicando toda mi energía al trabajo, y Teruya se convirtió en un devoto amo de casa. Se le daba muy bien cocinar, planchaba incluso las sábanas y mantenía las habitaciones sin un ápice de polvo. Siempre era muy atento con mis padres, que vivían a una hora de tren. Durante mi embarazo y mientras estuve de licencia por maternidad, él me cuidó muchísimo y, al nacer Takumi, de vez en cuando me dejaba dormir en otra habitación para que yo descansara. Pronto pasamos a la leche de fórmula, porque lo de extraerme leche me salía fatal, y al poco tiempo me reincorporé a la empresa; de modo que realmente no tenía la sensación de estarme ocupando yo de Takumi. No recuerdo haber presenciado la primera vez que se sostuvo de pie, cuándo dio sus primeros pasitos ni ningún otro momento memorable. Cuando entró en el jardín de niños y Teruya tuvo que hacer a mano la mochilita y una bolsa para los zapatos, las cosió sin protestar y le quedaron tan perfectas que hasta parecían compradas.

—Podrías hacer más y venderlas a las madres que no saben coser —le sugerí.

—Tampoco están tan bien hechas —me respondió con una sonrisa.

Pues porque no quiso, porque de lo contrario yo lo habría apoyado.

Sea como sea, habíamos llegado a compaginarnos a la perfección como familia. Hasta que lo invitaron a ir a Kioto...

Sabía que los cuadros que Teruya publicaba en Instagram habían tenido buenas críticas por ser «únicos y originales», que sus seguidores habían ido al alza y que recibía muchos comentarios, pero jamás me imaginé que le llegarían a proponer participar en una exposición colectiva. El extravagante propietario de una galería le ofreció formar parte de una muestra de cinco pintores e ilustradores que todavía no habían exhibido nunca su obra.

Sin duda Teruya hacía unos cuadros interesantes con paisajes de *trick art* repletos de detalles. Sin embargo, no estaba segura de que llegara a destacar entre el sinfín de artistas que están por descubrir en este mundo. Al principio pensé que quizá el propietario de la galería era un estafador que jugaba con los sueños de las personas, de modo que me dediqué a investigar la galería por internet. No obstante, todo eran buenas reseñas, y a pesar de que a Teruya no le pagaban el viaje ni el alojamiento, tampoco le habían pedido dinero para exponer, y habían organizado muchas inauguraciones previas. El propietario parecía ser conocido en el sector y encontré varias páginas con fotografías de él. Aun así, en ningún lugar aparecía su nombre, sino que siempre se referían a él únicamente como «el maestro». El hombre en cuestión era un señor mayor con aspecto de ser una persona sencilla, y tenía un lunar en medio de la frente que llamaba la atención. Por lo que decían, tenía contactos influyentes y muchos artistas habían prosperado gracias a él.

El tal «maestro» había contactado a Teruya mediante un mensaje directo de Instagram.

—La exposición será de viernes a domingo, pero, como hay que instalar la obra y habrá una reunión previa, me gustaría poder dejar a Takumi en el jardín de niños el jueves por la mañana y, de allí, irme directo a Kioto. ¿Podría pedirte que fueras tú a recogerlo el jueves y que el viernes te encargaras de llevarlo y de hacerle el *bentō*? Yo volvería en el último tren del domingo —me pidió.

Fui incapaz de responderle con un «¡Por supuesto!» de inmediato, y estuve a punto de decirle: «Imposible, estoy hasta el tope de trabajo». Pero ante mi silencio, Teruya intervino, conciliador:

—Si es por los gastos del transporte y del hotel, corren por mi cuenta. No voy a gastarme en esto ni un yen de lo que tú ganas. Por favor, Asami.

Me quedé atónita. ¿Acaso Teruya había estado reprimiéndose de hacer lo que quería con tal de no gastar dado que no ganaba dinero? ¿Había estado comprándose el material necesario para pintar con los ahorros que tenía antes de casarnos?

—¡Por eso no te preocupes! ¡Te lo pago! —espeté en el acto, y después caí en la cuenta de lo arrogante que había sonado aquel «¡Te lo pago!».

Sin embargo, a Teruya pareció no molestarle.

—No, de verdad. No te preocupes por el dinero. Yo también estoy ganando bastante —repuso.

—¿Eh?

¿Cómo que estaba ganando dinero? Eché la cabeza hacia delante con gesto inquisitivo, y Teruya bajó la mirada al suelo.

—Sí... No te lo había contado, pero... He estado invirtiendo en bolsa, y me va bastante bien —se explicó.

Me quedé sin palabras. Nunca me lo habría imaginado. Al ver que me había quedado atónita, Teruya volvió a preguntarme:

—¿Podrás ocuparte de Takumi?

Así que, bueno... No tuve más remedio que aguantarme y aceptar, pero empecé a vivir angustiada desde entonces.

Fuera como fuera, debía superar los obstáculos que se me presentaran uno por uno. Pensé que aquel día me las arreglaría para salir antes del trabajo e ir a buscar a Takumi al jardín de niños. Mientras Teruya no estuviera, a mediodía yo podía comer algo por ahí o comprar comida hecha. El problema era el *bentō* del viernes.

El rojo, el verde, el negro, el café y... El amarillo. No había otra, tenía que hacer un *tamagoyaki.**

* Tipo de omelette japonés que se hace enrollando varios huevos batidos en un sartén, generalmente rectangular. *(N. de la t.).*

Después de cenar en un restaurante familiar con Takumi, regresamos juntos a casa y, sartén en mano, me quedé parada en la cocina. Había leído la receta del *tamagoyaki* en muchas revistas y páginas web, y tenía claro cómo se hacía, pero no sé por qué no conseguía que me saliera bien. En lugar de quedarme esponjoso, se me aplastaba, el huevo se me pegaba en el sartén y no conseguía enrollarlo bien. Además, según algunas recetas al huevo se le añadía sal y según otras recetas, azúcar, salsa de soja e incluso fécula de papa o leche. Y para terminar no sabía qué receta era la que hacíamos en casa. Me planteé llamar a Teruya para preguntárselo.

Sobre la barra, la fila de *tamagoyaki* apachurrados era cada vez más larga. Takumi, que estaba viendo la tele, se acercó a la cocina.

—¡Vaya! —exclamó con inocencia—. ¿Qué plato es este?

Aquella pregunta me cayó como un tiro e inmediatamente casqué otro huevo en el tazón sin mediar palabra. En la televisión empezó a sonar la canción de unos dibujos animados y Takumi empezó a bailotear mientras canturreaba la canción, y regresó a la sala dando unos saltitos e imitando el murmullo del motor de un avión.

Batí el huevo con los palillos. Chac, chac, chac.

¿Durante cuánto tiempo debía batirlo? ¿Y cuánto tiempo había que tenerlo en el sartén para que saliera bien? Empecé a ver el amarillo de aquel *tamagoyaki* cada vez más borroso, y me sorprendí a mí misma llorando.

«Pero... ¿Por qué? ¿Por qué no puedo hacer ni siquiera un *tamagoyaki* decente?», exclamé al cielo.

Lo había dado todo: en el colegio, cuando iba a la universidad y a la vez buscaba un empleo, en el trabajo... Y siempre me habían felicitado por mi excelencia.

Solo pude dar con una explicación. Me había pasado la vida huyendo. Como odiaba las tareas domésticas y no creía que la crianza fuera lo mío, me había refugiado en el trabajo y había dejado todo en manos de Teruya. Había estado escondiendo mi ineptitud para hacer lo que todo el mundo sí es capaz de hacer.

Puedo asumir cualquier volumen de trabajo. Jamás olvido el nombre ni el rostro de mis clientes aunque los haya visto una sola vez. Soy capaz de transmitir sin vacilar y con total firmeza mis opiniones ante directivos de cualquier empresa importante. Confío en mi capacidad para dejar a todo el mundo boquiabierto con mis proyectos, de hacer presentaciones ante una gran audiencia y el seguimiento de los errores que cometen mis subordinados mejor que nadie.

Sin embargo, no tengo ni a una sola madre de amiga.

El círculo de las del salón de Takumi me da miedo. Me equivoco a la hora de decir el nombre de las maestras del jardín de niños. Cuando pelo una manzana la destrozo y no hay ni por dónde comerla, mezclo la basura, y de doblar la ropa lavada como si fuera origami mejor ya ni hablemos.

Hasta ese momento, el mero hecho de ser la que llevaba el pan a casa me enorgullecía, pero eso ya no me daba paz. Desconocía por completo cuánto había ganado Teruya en la bolsa, pero diría que lo suficiente para arreglárnoslas si yo dejaba de tener ingresos. Me pregunté qué representaba yo en casa para él y Takumi.

¿Qué haríamos si Teruya empezaba a vender cuadros? ¿Y si dejaba de estar en casa? ¿Qué íbamos a hacer? Hubiera preferido que no vendiera, que no se le reconociera su trabajo, que se quedara conmigo y Takumi para siempre.

Mientras pensaba todo aquello anegada en llanto, el teléfono empezó a sonar. Miré la pantalla: era Teruya.

—Es papá, toma.

Entregué el teléfono a Takumi, quien respondió entusiasmado.

—¿Hola? ¡Papá! ¡Sí! ¡Sí! ¡Eso es! Me comí una hamburguesa —escuché que le decía Takumi mientras yo seguía atareada con los palillos hasta que oí—: ¡Mamá es la mejor! Está cocinando. Y ¿sabes qué? Lo que está haciendo parecen campos de colza en flor. ¡Son preciosos y tienen muy buen aspecto!

Sorprendida, alcé la mirada. ¿Campos de canola en flor? Quizá le había dado esa impresión porque había usado unos platos de color verde oliva. De repente, me pareció que aquella hilera de huevos apachurrados me sonreía complacida.

—¡Mamá! Papá quiere hablar contigo —me dijo Takumi, pasándome el teléfono.

—¡Asami! ¡Es increíble! ¿Qué estás cocinando? Al oír la dulce voz de Teruya no pude evitar soltar un suspiro. Después, me fui a la habitación del fondo para que Takumi no me oyera.

—*Tamagoyaki*... Para el *bentō*. ¡Me quedan fatal! Se me pegan en el sartén y se me apachurran —confesé bajito con la voz entrecortada.

—¿Estás practicando para mañana? Tampoco pasa nada si no lleva *tamagoyaki*. Siempre le puedes hacer un huevo revuelto o cocido.

—¡Ni hablar! ¡Tiene que ser un *tamagoyaki*! En la tarjeta de cumpleaños que le dieron el año pasado en el jardín de niños decía que su comida preferida era el *tamagoyaki*. ¡Si no le hago uno se llevará una desilusión!

—¡Tampoco es para tanto!

—¡Que sí! ¡Seguro que sí! Sigo la receta, pero ¡no hay manera de que me salga igual! Pobre Takumi. Soy tan mala madre que ni siquiera soy capaz de hacerle un *tamagoyaki*.

—¡Asami! —me espetó Teruya para que no siguiera.

Aunque era extraño en él, pensé que quizá se había enojado, y levanté los hombros. Sin embargo, Teruya volvió a tomar la palabra con voz tranquila:

—¿Qué sartén estás usando?

—¿Cómo? Pues el redondo y rojo que está colgado en la pared...

—Ese es viejo y el teflón se está descarapelando. Por eso se te está pegando el huevo. Tenemos otro rectangular que uso para el *tamagoyaki* que está en otro sitio. Lo compré hace poco. Creo que ese te funcionará bien. Abre la puerta del mueble de debajo del fregadero. Es de color azul.

Regresé a la cocina, abrí la puerta de la dichosa alacena y allí lo encontré: un pequeño sartén sartén rectangular. En las revistas usaban un sartén como ese, pero yo estaba convencida de que eran sartenes profesionales que usaban para las fotografías.

—Primero calienta bien el sartén, de modo que oigas chisporrotear el huevo batido cuando lo eches.

Para condimentarlo, basta con que le añadas una pizca de sal. Ponle poquito aceite y no lo eches directamente al fuego, sino que primero debes empapar un papel de cocina y después restregarlo en el sartén. Necesitarás que transcurra un poco de tiempo hasta que puedas enrollar el *tamagoyaki*. Me espero a que lo intentes.

Dejé el teléfono en la esquina de un estante de la cocina y seguí las indicaciones de Teruya. Aquel sartén rectangular era ligero y fácil de manejar. Para mi sorpresa, el *tamagoyaki* me quedó precioso. Al verter el huevo hasta las esquinas, resultaba fácil darle la vuelta y que la forma quedara bien. No era un *tamagoyaki* de diez, pero era más o menos pasable.

—Pa... Parece que lo logré.

—¡Bravo!

En aquel sartén rectangular, el *tamagoyaki* se deslizó perfectamente sin pegarse incluso a la hora de emplatarlo.

—Este sartén es buenísimo. El redondo no sirve para nada.

—No. El redondo también funciona muy bien. Es más profundo, solido y muy fácil de usar. Es el mejor para hacer salteados o un guiso de tofu. Se puede usar incluso para hervir un poco de pasta. Por muy nuevo y pequeño que sea el otro, yo nunca prepararía allí un arroz chino. Cada cosa tiene su herramienta adecuada.

La herramienta adecuada... Las palabras de Teruya me reconfortaron, y me ayudaron a apreciar el sobresfuerzo que el sartén redondo había realizado. Menos mal que había hablado con Teruya. Me disponía a darle las gracias cuando él se me adelantó:

—¡Ánimo! Takumi tiene una madre maravillosa. No eres en absoluto una mala madre. ¡Me encanta que seas tan diligente y auténtica!

El vacío que había sentido unos minutos antes fue llenándose poco a poco, como si Teruya hubiera dicho aquello expresamente con tal fin.

—Ojalá vaya mucha gente a ver tus cuadros —dije con voz calmada.

Pensé que me esforzaría en hacer más tareas domésticas, pero no lo verbalicé. Decidí que, por el momento, me guardaría esas palabras para mis adentros. Empezaría por darle los buenos días a la señora Soejima, la de la blusa a rayas, cuando la viera en el jardín de niños a la mañana siguiente.

Sin que me diera cuenta, Takumi había entrado en la cocina.

—¿Puedo probarlo? —me preguntó.

El sedoso cabello de su redonda cabeza le brillaba a

la altura de mi cintura. Señalaba los *tamagoyaki* apachurrados con su mano pequeñita, que parecía una mariposa blanca al lado de una flor de canola.

CAPÍTULO 3

TODOS EVOLUCIONAMOS

[Rosa · Tokio]

—Señorita Ena, ¿me enseñas las manos? —me preguntó Moeka, y yo vacilé unos instantes.

La niña se quedó observándome con sus ojos grandes y redondos. Aquella mañana, al llegar al jardín de niños, había venido corriendo hacia mí sin voltear a ver a su madre.

—¿Las manos? ¡Claro!

Abrí las manos y en el rostro de Moeka se dibujó una expresión de decepción.

—¿Ya no están pintadas de color rosa...?

—No, ya no están pintadas —le respondí con una sonrisa mientras se las mostraba.

—¿Por qué?

Porque me habían ordenado que no lo hiciera. Pero esa información me la guardé para mí, y tomé a Moeka de la mano.

—¿Vamos para allá a leer un cuento?

Moeka asintió con la cabeza, pero no parecía estar del todo convencida.

Aquel «¿por qué?» se había quedado flotando en el aire con una ligera ingravidez y no me dejaba tranquila.

Todo ocurrió el martes de la semana anterior.

Estábamos en septiembre y habíamos tenido un fin de semana largo en el que yo había asistido a un encuentro de exalumnos de la preparatoria y, por descuido, acudí al trabajo sin sacarme el esmalte de las uñas, que llevaba siglos sin quitarme. Hacía un año y medio que me había graduado y que trabajaba en el jardín de niños. Así que supongo que me relajé.

En realidad, en el centro no tenemos ninguna regla que prohíba pintarse las uñas. Sin embargo, de algún modo imperaba la norma tácita de no pintárselas, y había maestras que ni siquiera se maquillaban.

Me las había pintado de color rosa. Tampoco es que fuera un color muy llamativo. Además, las llevaba cortas y sin brillantes ni ninguna otra decoración para que no se me cayeran dentro de la comida de los niños ni los arañara sin querer. De modo que aquellas uñas no suponían ningún peligro. A pesar de todo, debía esconderlas. Me había pasado toda la mañana tratando de mantener las manos fuera del alcance de la vista de los niños y del resto de los profesores. Hasta que llegó la hora de comer.

—¡Vaya! —alzó la voz Moeka mientras yo repartía vasos de leche—. ¡Señorita Ena! ¡Qué manos más bonitas!

Quise esconder las manos de inmediato, pero no podía. En la charola todavía quedaban vasos de leche por servir.

—Gracias —respondí en voz baja con una sonrisa, tras asegurarme de que ninguna otra maestra me oía, y seguí sirviendo vasos en la mesa a toda prisa.

Al lado de Moeka estaba sentado Takumi, con su corte de cabello tipo hongo.

—¡Mi madre también se las pinta! Va a un lugar donde se las hacen —exclamó él orgulloso.

Al oír aquello, Ruru, que estaba sentada enfrente de ellos, se abalanzó sobre la mesa para mirarme las uñas. Ruru estuvo a punto de meter la punta de sus trenzas en la leche, pero conseguí apartarle el vaso a tiempo.

—Señorita Ena, ¿tú también vas a que te las hagan? —me preguntó Ruru a la vez que me agarraba los dedos.

Ya en ese punto, me fue imposible seguir escondiéndolo.

—No, no voy a ningún sitio. Me las hago en casa.

—¿Te las puedes pintar tú misma?

—Sí, ¡es muy fácil!

Terminé de repartir los vasos de leche y hui rápidamente de allí con una sonrisa forzada.

A la hora de la salida, Moeka se me acercó con timidez.

—Señorita Ena, mañana enséñame de nuevo las manos, ¿de acuerdo? —me pidió susurrante.

Al ver que Moeka me observaba las manos de nuevo, me ruboricé y ahogué una exclamación de sobresalto.

—Claro... Mañana, ¿está bien?

El día siguiente, y el de después, regresé al trabajo todavía con las uñas pintadas.

—Acompáñame a la oficina —me comentó al oído la directora Yasuko mientras recogía el salón al fin de la jornada del viernes por la tarde.

El resto de las maestras me miraron con preocupación y aire inquisitivo mientras yo la seguía.

Con quince años de experiencia, Yasuko es una de las profesoras que ni siquiera se maquillan y, por supuesto, jamás se hace las uñas ni tampoco se retoca las cejas. A mi parecer, como tiene unos rasgos muy definidos, un poco de maquillaje le quedaría de maravilla.

Sin embargo, para ella, maquillarse seguramente es algo horroroso.

Yasuko siempre había sido autoritaria conmigo y, desde el principio, tuve la sensación de no caerle bien.

—¡Enséñame las uñas! —me espetó sin ningún tipo de preámbulo tan pronto como cerró la puerta y nos encontramos a solas en la oficina.

Extendí la mano derecha según sus órdenes y ella me agarró los dedos con brusquedad.

—Pero... ¿Cómo te atreves? ¿Qué intentas pintándote las uñas? —disparó, y a continuación me apartó las manos como si tirara algo sucio al suelo.

—Recibimos una queja de la madre de Ruru Soejima. Por tu culpa, su hija se pintó las uñas con marcador. Porque dice que les dijiste a los niños que no es necesario ir a ningún sitio para que te las pinten, y que puedes hacértelas tú misma en casa. ¿Por qué la instigaste a hacer algo así?

Al decirme aquello, recordé que hacía un rato me había cruzado con la madre de Ruru. La había saludado y, para mi sorpresa, ella me había volteado la cara. La recordé de espaldas, vestida con su habitual blusa a rayas.

—Yo no instigué a na...

—¡No me contestes! ¡El resto de las madres también se dio cuenta! Que sepas que no eres solo tú la que causó mala impresión, ¡sino toda la escuela! —Apreté la mandíbula. El juicio era tan contundente que me quedé sin poder articular palabra. Como permanecía en silencio, Yasuko prosiguió con su perorata—: Cuando salgas del trabajo, puedes salir con quien quieras y vestirte como te dé la gana, pero está fatal que no sepas separar el trabajo de lo privado.

No. La cosa no era así. En absoluto. Quise decírselo, pero me contuve. Total, ella estaba tan convencida de tener razón que, por muchos argumentos que le diera, me daba la impresión de que no iban a servir de nada. A mi parecer, yo lo estaba dando todo en el trabajo. Sin embargo, no sabía exactamente por qué no me había despintado las uñas y no podía ofrecerle una razón clara, así que no conseguí dar con una respuesta acertada.

—Sea como sea, despíntate las uñas.

—De acuerdo... —me limité a asentir al final, y apreté los puños con fuerza, como si escondiera aquellas uñas rosas.

Por la noche, mientras empapaba el algodón con quitaesmalte, pensé en mi prima Mako. Ella es mayor que yo, y ya de pequeña la admiraba mucho porque era muy guapa y lista. Con ella aprendí a peinarme, a hacerme chongos y también a pintarme las uñas. Mako estudió un curso del instituto en la gran metrópolis australiana de Sídney y, desde que terminó su carrera universitaria en Ciencias de la Educación, trabaja como profesora de conversación de inglés en una academia. En cierta ocasión me explicó por qué prefería estar en una academia de idiomas en lugar de ser profesora de un colegio.

—Quiero enseñar a personas que estén dispuestas a pagar para aprender y hablar inglés, y rodearme de gente que quiera conseguir sus objetivos por méritos propios, y no de estudiantes que solo van a clase para ganar puntos.

Yo elegí estudiar para ser maestra de jardín de niños en parte por Mako. Quería trabajar en un lugar que me llamaran «maestra» como a ella. Sin embargo, que nos llamaran así era lo único que compartíamos, porque yo no tenía ninguna otra razón de peso por la que quisiera ser profesora más que los niños me parecían lindos.

Al terminar de despintarme las uñas, me acosté en la cama y tomé el teléfono. Entré en el portal de *Canvas*, que tenía guardado entre mis favoritos. *Canvas* era un periódico gratuito que se editaba en Sídney y que estaba destinado a lectores japoneses, y en el que se publicaba información sobre restaurantes, eventos y ofertas de trabajo de la ciudad. Cuando Mako estudiaba en Sídney, a raíz de una entrevista que publicaron de ella en *Canvas*, hizo buenas migas con la editora y, gracias a aquello, todavía a día de hoy colabora de vez en cuando con el periódico, ya sea en la versión en papel o digital.

La versión gratuita en papel solo se consigue en Sídney, pero, como en la página web del periódico se pueden leer artículos también en japonés, yo la solía consultar a menudo.

Como quien no quiere la cosa, entré en varias secciones del periódico. Mis dedos despintados se deslizaban por la pantalla. Me apareció un artículo titulado «Mi experiencia con un visado *Working Holiday*», y mis dedos se detuvieron.

Ya había oído hablar sobre aquel tipo de visados. Con ellos podías estudiar, trabajar y, por supuesto, viajar durante más o menos un año. Una compañera de trabajo renunció a su puesto para irse con ese visado antes de cumplir los treinta, porque, al parecer, había un límite de edad para solicitarlos. Yo todavía estaba a tiempo. Tecleé las palabras «Australia Working Visa» en el buscador y me sumergí en la lectura del sinfín de información que me apareció sobre el tema.

La solicitud podía realizarse entre los dieciocho y los treinta años, y tenía una tasa de un poco menos de cuarenta mil yenes. Podía presentarse por internet siempre y cuando tuvieras unos cuarenta y cinco mil yenes en el banco para sortear los costos de la vida allí, un seguro médico, el pasaporte vigente y una tarjeta de crédito. No había que pasar ningún examen ni presentarse en la embajada australiana, de modo que conseguirlo parecía bastante fácil.

Por internet me aparecieron un montón de fotos de japoneses codeándose con australianos, buceando y esquilando ovejas. Según decían, Australia era un país seguro en el que acogían muy bien a los japoneses. Yo siempre había pensado que vivir en el extranjero era cosa de gente a la que se le da bien el inglés como a Mako, pero, de repente, no se me antojó tan difícil.

«Suena muy bien...».

Pensé que, si lo comparaba con mi vida en aquel momento, en la que tenía un sueldo escaso, mi superior me sermoneaba, las madres del colegio se quejaban de mí y no se me permitía llevar esmalte en las uñas, aquello aparentaba estar de maravilla. Pero ¿qué haría yo en Australia? En ese momento no tenía ni idea, pero seguro que habría algo que fuera conmigo. Al fin y al cabo, todo lo que no podía hacer en Japón podría hacerlo en Australia. Todavía era joven, gozaba de buena salud y me consideraba una persona bastante abierta. Quizá hasta podría tener un novio australiano. Siempre podía ir y pensar qué hacer una vez allí. Regresaría a Japón con un buen inglés y podría encontrar trabajo en una empresa extranjera. Sería genial si pudiera dedicarme a la interpretación o al mundo del comercio internacional. Me aseguré a mí misma que, si trabajaba duro desde aquel momento, todo era posible.

¿Y si dejaba el jardín de niños...? ¿Y me iba a Australia?

A mediados de octubre, la directora del jardín de niños me anunció que Moeka se iba de la escuela. Habían trasladado a su padre sin previo aviso, e iban a mudarse la semana siguiente.

—Señorita Ena —se detuvo a decirme la madre de la niña cuando fue por ella, a pesar de que por lo general era una mujer reservada y parca en palabras—. Muchas gracias por haber cuidado de Moeka.

—Se mudarán, ¿verdad...?

—Sí.

Tras una breve pausa y mientras dudaba en cómo proseguir la conversación, fue ella quien rompió el hielo.

—¿Sabes qué? Gracias a ti, Moeka dejó de morderse

las uñas —comentó con una sonrisa serena—. Solía mordérselas hasta el punto de sacarse sangre... Estaba muy preocupada. En los libros de crianza leía cosas como que era mejor no regañarla o que los niños lo hacen por falta de afecto. Con todo lo que la quiero, me preguntaba por qué lo hacía y me sentía muy culpable. —Hizo una breve pausa—. Hará cosa de un mes, Moeka me comentó muy contenta que la señorita Ena llevaba unas uñas rosas muy bonitas, y que ella también quería tener unas uñas así. De modo que decidió dejar de mordérselas. Antes las tenía descamadas y desiguales, mientras que ahora las tiene todas cortadas por igual —dijo con voz temblorosa.

También me emocioné, y estuve a punto de derramar una lágrima. ¡Ay, qué ilusión! Mis deseos se habían hecho realidad, puesto que yo había albergado la esperanza de que, si a Moeka le habían gustado mis uñas rosas tanto como yo había admirado a mi prima Mako, quizá dejara de mordérselas.

—Muchas gracias —me dijo con una profunda reverencia.

—Pero... Me las quité enseguida. Moeka debió de llevarse una desilusión.

La madre de Moeka se enderezó.

—No. A Moeka lo que le gusta son tus uñas sin pintar.

—¿Cómo?

—¿No te lo ha comentado la señorita Yasuko?

No, no me había dicho nada. Me quedé atónita de que el nombre de Yasuko saliera en la conversación.

—Al principio las uñas pintadas le parecieron bonitas. Sin embargo, después de que te las despintaras, la señorita Yasuko les dijo a todos los niños y niñas que tus manos eran las de una mujer que se esfuerza en su trabajo. También les comentó que, si se reían y comían mucho, y se divertían a la vez que se esforzaban, llegarían a tener unas uñas tan bonitas como las de la señorita Ena. Y que, cuando fueran adultos, si tenían unas uñas sanas, podrían lucir unas maravillosas uñas pintadas.

¿Yasuko había dicho eso...?

Me quedé tan asombrada que fui incapaz de articular palabra. La madre de Moeka me miró las uñas fijamente.

—Las uñas son un barómetro de la salud, ¿no te parece? Yo llevaba mucho tiempo sin prestar atención a las mías. Mi pareja trabaja tanto que apenas está en casa, y todo este tiempo he estado llevando todo el peso de la crianza sola. Por fin me di cuenta de que vivo en tensión. Cuando nos traslademos, tendremos más tiempo para estar juntos en familia. Quiero estar sana y sonriente para que algún día Moeka y yo luzcamos unas bonitas uñas rosas.

Cuando sonreía, la mirada de la madre de Moeka se parecía mucho a la de su hija.

—¡Mamááá! —gritó la alegre voz de Moeka mientras corría hacia nosotras.

—Las extrañaremos —dijo una voz detrás de nosotras.

Volví la cabeza y ahogué un grito dando un salto, sorprendida de ver que era Yasuko quien había dicho aquello. Al darse cuenta de que yo había reaccionado como quien se encuentra por sorpresa con una serpiente en medio del camino, ella frunció el ceño.

—Tampoco es para tanto. Solo me acerqué para decir adiós, aunque no parecía que tuvieran prisa de irse.

Yasuko volvió la mirada hacia la puerta con cierta expresión circunspecta para ver partir a Moeka y a su madre.

—Este... —empecé a decir, pero Yasuko intercedió.

—No es que te defendiera. Aunque, bueno... —Yasuko me miró a los ojos al fin—. Es verdad que eres una mujer que se esfuerza en su trabajo —añadió en un tono tan inusualmente tranquilo que me desconcertó.

A fin de cuentas, quizá Yasuko me entendía más de lo que yo creía. Me estremecí solo de pensar aquello, y ella, al verme tan conmovida, endureció el tono:

—¿Sabes? Si me lo hubieras explicado, no te habría hablado con tanta rigidez. ¿De qué sirve quedarte en silencio con cara de haber hecho algo mal?

A pesar de hablarme con severidad, esta vez no me intimidó. Y entendí que no era porque su tono hubiera cambiado, sino porque yo recibía sus palabras de otro modo.

—No supe cómo explicarme. Es normal que la madre de Ruru se molestara.

Al responder aquello, Yasuko adoptó una expresión seria de repente.

—Aunque no sepas cómo explicarte, quiero que me lo digas. Yo también he pasado por esto. Cuando tenía más o menos tu edad, me pintaba los labios, ¿sabes? No me ponía un color carmín intenso, pero, en cierta ocasión, al tomar a un niño en brazos, le manché la camisa. Y la madre de aquel niño me tachó de no tener valores.

—¿De veras...?

—Sí. Pero la culpa fue mía. Por eso tomé la decisión de no maquillarme más. Aunque también hay madres que opinan que maquillarse es natural en una mujer adulta. Hay tantos modos distintos de pensar... Moeka dejó de morderse las uñas porque tú te las pintaste. Pero otras madres y padres pueden no aceptarlo porque enfocan el asunto de otra manera. Tenemos que ponernos en la piel de cada niño para saber qué es lo mejor para cada uno.

Asentí con la cabeza. Curiosamente, mi corazón se había sosegado.

Vamos poco a poco. En esta vida avanzamos esforzándonos y aprendiendo de nuestros errores, sin saber si lo estamos haciendo bien o no. Cada día que pasa, los niños crecen, como si fuera un sonido que se va amplificando. Del mismo modo, también yo iré evolucionando con ellos.

—Es complicado. Muchísimo. Pero... Diría que llegué a la conclusión de que nuestra profesión trata precisamente de eso.

—¡Vaya que eres audaz! —comentó Yasuko con cierto estupor—. ¿Sabes? Hace tiempo que me preocupo por ti y quizá fui demasiado dura contigo. Te pareces mucho a mí cuando tenía tu edad.

—¿Eh?

En un acto reflejo, mi cuerpo se echó hacia atrás.

—¿Acaso te parece mal?

—¡En absoluto!

Ambas nos echamos a reír. Era la primera vez que nos comunicábamos de aquel modo, pero me di cuenta de que hacía mucho que deseaba que fuera así.

«¡Ah, ya sé qué haré!», pensé.

Por el momento, no dejaría el trabajo. Quería seguir esforzándome durante un tiempo más. No iba a renunciar a mi empleo en una etapa tan dulce. Me hacía feliz que Moeka quisiera tener unas manos bonitas, que su madre sonriera con ternura y tener a Yasuko cerca. Todavía había muchas cosas que deseaba hacer en aquel jardín de niños. Y por esa razón, quería seguir allí.

Junto a Yasuko, observé partir a los niños y niñas con sus familiares.

—¡Hasta mañana! ¡Cuídense!

Al llegar a la puerta, Moeka se volvió hacia nosotras y nos dijo adiós con la mano efusivamente.

CAPÍTULO 4

CAMINO RECTO DE SANTA

[Azul · Tokio]

—¿Conoces los Something Four? —me preguntó Risa mientras toqueteaba con un dedo el borde de su taza de té.

En el pasado solíamos hacer juntas lo que llamábamos «tours gourmet», en los que salíamos a probar restaurantes por aquí y por allá, pero al parecer ella estaba a dieta en preparación para sus nupcias, que tendrían lugar el mes siguiente. Diciembre era un mal mes para el negocio de las bodas, y el precio de la ceremonia era un poco más económico.

A pesar de que hacía tiempo que no nos veíamos, en lugar de salir a comer o tomar algo por la noche me había propuesto ir a tomar un té a primera hora de la tarde. Risa me llevó al Marble Café, que estaba al otro lado del río, frente al jardín de niños donde trabajo. Yo no lo conocía, porque quedaba escondido detrás de una hilera de cerezos, pero era un local luminoso y limpio. Las paredes estaban decoradas con obras de un artista de *trick art* que últimamente estaba en boga. El mesero joven de la cafetería trabajaba con esmero y, de vez en cuando, nos dirigía una mirada amable para asegurarse de que estábamos bien.

Di un sorbo a mi café con leche y respondí a la pregunta de Risa:

—Sí, los conozco. De la cancioncita de Mother Goose, ¿verdad?

—¿Eh? ¿De veras lo conoces? —preguntó Risa sorprendida, a pesar de que ella misma había sacado el tema a colación.

El verso de Mother Goose dice: «Algo viejo, algo nuevo, algo prestado y algo azul». Según la tradición, la novia debe llevar estas cuatro cosas el día de su boda para que le traigan felicidad. La cancioncita también dice que se debe llevar «una moneda de seis peniques de plata en el zapato», pero esa parte a menudo se omite.

—¡Claro! Siendo maestra de jardín de niños, ¡cómo no lo ibas a conocer! ¿Verdad, señorita Yasuko? —se burló Risa de mí, pero yo me quedé en silencio y miré por la ventana.

Risa y yo éramos amigas desde la preparatoria. Siempre nos lo habíamos contado todo. Juntas habíamos compartido un sinfín de cosas, e incluso nuestra vida de mujer soltera se parecía.

—Si a los sesenta las dos seguimos solteras, nos iremos a vivir juntas —dijo Risa cierto día de Navidad que compartimos.

—¡Qué lata! Pero si no queda otra... —le respondí entre risas.

Como es natural, sabíamos que para ambas era mejor encontrar pareja, que aquella era una broma habitual entre mujeres solteras y que el comentario carecía de la seriedad de un «compromiso». Sin embargo, a mí en aquel momento la idea se me antojó de lo más divertida.

De eso, hacía ya seis años.

Más adelante, dos años atrás, nos encontrábamos cenando en un restaurante italiano informal, cuando Risa me contó que salía con alguien y que estaba pensando en casarse.

«¡Mierda!», dije para mis adentros.

Teníamos treinta y cuatro años, y en aquella época había una segunda oleada de bodas.

Entonces recordé que, en cierta ocasión, cuando

íbamos a la escuela, nos inscribimos en un maratón a pesar de que correr no era nuestro fuerte. Aunque el plan era correr juntas, en la recta final ella apretó el paso y se me adelantó. En realidad, tampoco es que aquello me importara mucho, porque el maratón me daba un poco igual. Pero lo de la boda me hizo recordar con fastidio que Risa era así.

Cuando la palabra «matrimonio» salió de su boca, no solo me vino a la mente la distante imagen de Risa de espaldas en ese maratón, sino que también fui capaz de verbalizar algo como «¡Me alegro mucho!». Fuera como fuera, era algo positivo para ella, y pensé que, en tal caso, debía como mínimo dedicarle una sonrisa o, de lo contrario, sería muy triste para las dos.

—Él está en trámites de divorcio —añadió ella después con la cabeza baja, y mi forzada sonrisa se desvaneció de golpe—. Pero está separado desde antes de que él y yo empezáramos a salir...

—¡No, por favor! ¡Deja a ese hombre! —interrumpí a Risa con brusquedad—. ¡Seguro que se está llenando la boca de palabras vacías y no se divorciará! Ya rozamos los treinta y cinco, ¡no te hagas ilusiones!

—No tienes ni idea —se limitó a musitar.

Me quedé sin palabras. Yo pensaba que entendía todo lo que le sucedía. Y que ella también entendía todo lo que me ocurría a mí.

En la mesa de al lado, se oyó el repiqueteo de un tenedor en el plato. Risa seguía evitándome la mirada.

—A ti te va bien, ¿no? Tienes un buen trabajo y haces lo que te gusta. Las maestras de jardín de niños gozan de buena reputación, y además esta mejora con los años, ¿verdad? En cambio, yo trabajo de secretaria y tengo un contrato temporal. No tengo ningún don especial ni certificaciones, y vivo con el temor de que cualquier día me despidan.

En varias ocasiones había tenido que oír lo afortunada que era por tener un trabajo fijo, porque no me faltaba para comer o porque me ganaba el sueldo jugando con niños. ¿De verdad? ¿Acaso la gente creía que mi trabajo consistía solo en pasármelo bien con los niños cantando y tocando el piano y que terminaba cuando se iban a casa? Por inverosímil que les pareciera, había días en que me llevaba el trabajo a casa y tenía que pasar toda la noche en vela hasta que lo terminaba. Me pasaba la vida buscando personal porque las nuevas generaciones no aguantaban, y además de ocuparme de los niños también debía atender las peticiones y quejas de los padres.

Hasta aquel momento, la única persona con la que podía desahogarme a gusto ante ese tipo de comentarios era Risa. Por eso, que ella me dijera algo por el estilo me molestó sobremanera. De hecho, aquel trabajo de secretaria que tan infeliz la hacía lo había conseguido gracias a los contactos de su tío. Yo había estudiado con ahínco, me había partido el lomo buscando trabajo y finalmente lo había conseguido por méritos propios. Por tanto, no quería oír que me dijeran «Qué suerte tienes» tan a la ligera. Arremetí enfurecida contra ella:

—Las competencias no hay más que adquirirlas. Siempre puedes ponerte a estudiar y buscar otra cosa, ¿no? Esconderse detrás del matrimonio es la opción fácil.

—No es eso... Yo, a él lo...

—Pero si está en trámites de divorciarse, eso significa que todavía está casado, ¿no? A eso se le llama ser amantes. ¿No crees que te está engatusando con esto de casarse?

Risa permaneció en silencio un rato, y después esbozó una sonrisa rebosante de tristeza.

—Ya sabía yo que no lo entenderías.

—Ah, ¿sí? —repuse, sin poder articular ni una palabra más.

Ni la entendía ni quería entenderla. Eso fue lo que

pensé. Porque ella tampoco me comprendía a mí, ni comprendía que en realidad mi vida tampoco era precisamente fácil.

Y a partir de ahí las cosas se torcieron, y perdimos el contacto.

Debió de haber pasado un año desde que había discutido con Risa en aquel restaurante italiano cuando recibí una felicitación suya de Año Nuevo en la que se limitaba a decirme que el divorcio ya se había llevado a cabo. La verdad es que mi primera reacción fue de incredulidad. Estaba convencida de que su relación acabaría fatal. Su modo de decirlo me resultó tan brusco que me negué a responderle. Además, por mucho que la noticia me importara, me parecía extraño decirle que me alegraba de que una persona se hubiera divorciado.

A principios de octubre recibí una llamada de Risa, de algún modo reconciliadora, en la que me decía que ya habían decidido la fecha de la boda. Al poco tiempo, me llegó la invitación a la ceremonia, al que confirmé que asistiría, y unos días más tarde recibí un correo electrónico de su parte. Fue después de aquel correo cuando volvimos a vernos, y allí nos encontrábamos la una frente a la otra, tomando algo. Desde la luminosa ventana de la cafetería, yo observaba revolotear las hojas caídas en el suelo.

—Tengo tres de los Something Four. Para lo viejo, llevaré un collar de perlas de mi madre; lo nuevo será un pañuelo de encaje y lo prestado serán unos guantes largos que mi hermana mayor usó en su boda. Pero todavía no he decidido qué será lo azul.

Algo azul... Sin duda era difícil imaginarse algo azul que combinara bien con un vestido blanco de boda. Me mordí la lengua antes de verbalizar el sarcasmo de si con haber encontrado a su príncipe azul no le bastaba. Sin sospechar mis perversos pensamientos, Risa echó su cuerpo ligeramente hacia mí.

—Al parecer, lo mejor es llevarlo en un lugar donde no se vea. He escuchado que, en otros países, lo más habitual es llevar un moñito azul en el liguero —comentó con voz susurrante.

—¿En el liguero?

—Sí. Pero yo no he tenido nunca nada parecido a un liguero.

Risa se sonrojó. Tampoco es que fuera una prenda especialmente obscena, pero ese puritanismo era muy propio de ella.

—¿Por qué no lo pruebas? Cómprate uno —le propuse riéndome. Risa hizo un exagerado gesto de reprobación con la mano.

—¡Ni hablar! Para empezar, el azul no es un color que me guste. Me parece muy frío.

—Ah, ¿sí? Pues a mí me gusta. Lo asocio con el bien y la sinceridad.

—Ese comentario es muy propio de ti.

Risa respiró con profundidad, y después se instaló un silencio extraño que hizo que me pusiera nerviosa. Era evidente que ambas estábamos pensando en el día en que discutimos. Permanecimos unos instantes en silencio, sin mirarnos a los ojos. Para distraer la atención, me bebí el café con leche a grandes tragos, y después el vaso de agua.

Fue Risa quien rompió el hielo.

Se llevó lentamente la taza de té a los labios para dar un sorbo, y después dijo con serenidad:

—¿Recuerdas que aquel día te dije que no tenías ni idea?

—Sí.

—Siento haberte hablado de aquel modo. Todo este tiempo me arrepentí mucho de ello.

—Bueno...

—Yo siempre siempre he pensado que eras increíble.

Desde la preparatoria, has tenido clarísimo lo que querías y has seguido recto en tu camino. Yo lo único que he hecho ha sido dudar, dar rodeos y desviarme de la senda... Nunca he ansiado nada con todas mis fuerzas. No soy muy lista y no sé expresarme bien, pero lo que quiero decir es que en mi vida nunca he decidido nada. Nunca he sabido qué quería hacer, qué deseaba realmente ni adónde quería llegar. Cómo te diría... He vivido como al albedrío del universo.

Me quedé pasmada. Era la primera vez que oía hablar a Risa con tanta vehemencia. Un señor que estaba leyendo un periódico deportivo en la barra miró hacia nosotras. Estaba tan exaltada que pensé en advertirle que estaba hablando demasiado fuerte.

—Pero ¿sabes? Desde el día en que lo conocí, pensé que lo quería con todas mis fuerzas. Quizá sea amoral, pero supe que realmente quería casarme con él. Y no con ninguna otra persona. Solo con él.

A Risa le brillaban los ojos, como poseída por aquel albedrío del universo. Yo no entendía nada. ¿Acaso no somos nosotros quienes tenemos las riendas de nuestras vidas?

—Pero el deseo es algo increíble, ¿no crees? Querer una cosa te lleva a querer otra. Primero yo solo quería ser su mujer, pero una vez conseguido eso... —Risa vaciló unos instantes y a continuación dijo en voz baja y nítida—: Quiero ser madre. Lo deseo con toda mi alma. —Y después levantó los hombros—. Yo no pensaba que fuera tan ambiciosa. Me asusta un poco.

Mientras buscaba las palabras adecuadas para responderle, oí la vibración de un teléfono y Risa introdujo una mano dentro de su bolsa.

—Es Hiroyuki. Ahora vengo.

Se levantó de la silla y salió de la cafetería con el teléfono en la mano, sin nada más. Me quedé allí mirando a la nada, pensando que Hiroyuki debía de ser su prometido.

Risa siempre había sido así. Su rostro reflejaba preocupación, pero al final conseguía que las cosas le salieran bien. Nuestras personalidades eran totalmente opuestas. ¿Por qué razón éramos amigas íntimas? ¿Cómo había iniciado nuestra amistad? ¿Qué era lo que nos unía? ¿Por qué siempre habíamos ido juntas a todas partes? ¿Qué era lo que me gustaba de Risa? En una situación como aquella, yo jamás habría dejado a una amiga para responder al teléfono.

—¡No puede ser! ¡Me dejan aquí tirada!

—Lo... Lo siento —murmuró en voz baja una voz a mis espaldas.

Volví la cabeza y me encontré al mesero con la jarra de agua en las manos. Por lo visto, se había acercado a rellenarnos los vasos.

—¡Ay, no! ¡No lo decía por ti...!

El mesero me dedicó una reverencia y se dispuso a rellenar los vasos. Tenía una sonrisa limpia, como si acabara de darse un baño. Era joven. Tendría más o menos la misma edad que Ena, una compañera de trabajo que llevaba dos años en el jardín de niños. Se comportaba con elegancia, como con una cortesía a la antigua.

—Es que mi amiga, que estaba sentada aquí, se salió a hablar por teléfono. Y yo me enojé un poco —me justifiqué.

El mesero inclinó la jarra y sonrió.

—Pues yo creo que pensar en el resto de los clientes y salir para no molestarlos es de buena educación.

No esperaba aquella respuesta. ¿Acaso lo que a mí me parecía una aberración podía ser considerarse sentido común para los ojos de otra persona?

—Yo... Intenté seguir recto en mi camino... Pero creo que me equivoqué en algo.

—Hum... Yo diría que seguir recto ya está bien, pero, más allá de eso, lo importante es que nos esforcemos a lo largo las sinuosidades del camino.

Al oír aquello, de repente me vino a la mente el día aquel del maratón. Risa aceleró con todas sus fuerzas en una curva cercana a la meta. Aquel día, el profesor de matemáticas estaba a un costado de la calle. Se trataba de un tipo increíblemente despótico y superficial, que miraba por encima del hombro a sus alumnos.

—¡Oye, tú! Que no se le pegue a Yasuko tu estupidez. ¡Aléjate de ella! —le dijo a Risa en cierta ocasión, al pasar a nuestro lado mientras jugábamos juntas en el patio.

Al escucharlo, Risa esbozó una débil sonrisa. Sin embargo, bien pensado, no recuerdo que Risa volviera a estar nunca a mi lado en su presencia desde aquel día. En aquel momento no había dado importancia a esas palabras, quizá porque para mí aquel profesor era un tonto que no entendía nada. Pero seguro que a Risa aquello le debió de doler, y por eso el maratón se había alejado de mí corriendo como desesperada. ¿Cómo no me había dado cuenta de algo tan obvio? La estúpida era yo.

—Qué difícil es ponerse en los zapatos de los demás, ¿verdad?

—Sí, aunque, a veces, incluso si no conseguimos hacerlo, puede que la persona en cuestión perciba que estamos pensando en ella. Además, el mero hecho de imaginarse qué piensan los otros puede ser muy divertido —comentó el mesero, y después sonrió como si hubiera pensado en alguien en concreto.

El chico hablaba de un modo fácil de entender, y también con mucha franqueza. Le devolví la sonrisa y después di unos sorbos al agua que acababa de servirme.

—Te deseo todo lo mejor con la persona de la que te imaginas qué piensa —le dije, y él soltó una risita y se sonrojó.

Risa regresó.

—Disculpa. Al parecer la abuela de Hiroyuki se cayó esta mañana y se lastimó. Sospechaban que se había fracturado un brazo, pero le hicieron pruebas en el hospital y solo son unas contusiones de las que debería de reponerse tras un par de días de reposo. Como vive sola, estábamos preocupados... ¡Menos mal!

Vaya. Realmente era una llamada a la que tenía que atender.

—Risa, ¿no deberías estar en el hospital con ellos?

—No. Hiroyuki sabía que hoy iba a ver a una buena amiga y me dijo que prefería que acudiera a nuestra cita. Sabía que tenía muchísimas ganas de verte hoy.

Puso cara de alivio y sonrió con inocencia. Me quedé deslumbrada por su capacidad de hablar con tanta honestidad.

Ya en la prepa, todo el mundo me odiaba. Bueno, odiar quizá sean palabras mayores, pero sí me evitaban o me rehuían. Aun así, yo siempre acababa siendo la jefa de grupo. No porque me presentara como candidata, sino porque los profesores me nombraban. Yo cumplía con mi deber como representante, y eso hacía que todavía gustara menos, pero yo seguía sin entender qué tenía de malo en llamarles la atención a los chicos que no limpiaban o a las chicas que hablaban en clase.

En las pocas relaciones amorosas que había tenido, los chicos me dejaban con pretextos como que los asfixiaba o que no les gustaba que les impusiera mi opinión.

Pero Risa era distinta.

Risa era lenta, introvertida y de lágrima fácil. Sin embargo, no me repelía ni me tenía miedo, sino que pronunciaba mi nombre con cariño y me abría despreocupadamente su corazón. Me decía que conmigo se sentía segura y que podía hablar de todo, y que no le cabía duda de que yo nunca hablaba mal a las espaldas de nadie y de que era una persona que no decía mentiras.

Con los niños me ocurría algo parecido. Curiosamente, los que se desentendían cuando recibían mimos exagerados y que no sonreían ni cuando los elogiaban, esos niños venían a mí. Por esa razón quise dedicarme a algo que estuviera relacionado con la infancia. Quería enseñarles el camino recto a seguir, porque había aborrecido estar entre adultos que se desviaban de él.

—Risa, lo siento, pero necesito quince minutos... No, diez. Espérame aquí.

Salí del Marble Café a toda prisa. Recordé que, al otro lado del puente, a poca distancia de la estación, había visto un cartel de una tienda de lencería en un edificio con viviendas y locales. Corrí hasta aquel edificio con todas mis fuerzas.

La verdad es que yo jamás me hubiera enamorado de un hombre casado.

Tampoco me daría vergüenza usar un liguero.

Y nunca me hubieran preocupado los Something Four.

Sin embargo...

Si fuera Risa... En el caso de Risa...

Llegué al edificio en cuestión y bajé al piso inferior, en el que se encontraba la tienda.

El interior del local era estrecho, tenía una luz tenue y en él solo había una empleada, una mujer de cabello rizado.

En lugar de buscar un liguero, me puse a buscar ropa interior tipo *culotte*. Al parecer, todas las prendas de la tienda eran únicas.

Azul. Azul cielo. Eran bonitas, pero no del azul que buscaba.

¡Lo tenía! Había encontrado el azul que quería. Pero una prenda tenía lunares y otra, demasiado encaje... No era lo que buscaba.

De repente, en una vitrina que había al lado de la caja registradora, encontré un *culotte* satinado.

—Disculpe, ¿me podría enseñar esa ropa interior?

La vendedora las sacó de la vitrina con una sonrisa.

—Es muy agradable al tacto porque es de seda.

Era justo lo que buscaba: un diseño sencillo y elegante, de un magnífico color azul regio.

—Este... Es un regalo para una buena amiga. ¿Lo podría envolver, por favor?

—Por supuesto.

La empleada envolvió la prenda con tanto cuidado como si estuviera empacando un pastel.

—Qué contenta estoy. Me quedó mejor que nunca —dijo al terminar de envolver. Después la metió en una bolsa de papel con el logo de la tienda y me la dio—. Aquí tiene. Es parte de la colección María.

—¿María...? —repetí intrigada al oír ese nombre.

—Sí, eso es. Es porque el azul es el color de la Virgen María, y porque santa Teresa de Calcuta llevaba una línea azul en el hábito. Es simbólico.

Vaya coincidencia... Tomé el paquete con una sonrisa en el rostro.

En aquel momento caí en la cuenta de que la Virgen era la madre de entre las madres, y que eso haría ver a Risa que el azul no era un color frío.

Regresé corriendo al Marble Café, donde Risa miraba distraídamente por la ventana.

Todavía sin aliento, me senté frente a ella.

—¡Toma! Algo azul para un lugar donde no se vea. Es ropa interior tipo *culotte*. Un liguero te da cosa, pero la ropa interior funciona, ¿no? ¡Te la regalo!

—¿Eh...? ¿Fuiste a comprar ropa interior? ¿Ahora?

—¡Sí! ¿Algún problema?

Vaya, siempre se me ese tono que sonaba tan arrogante. Qué vergüenza. A pesar de ello, Risa tomó la bolsa de papel con una sonrisa. Su rostro sonriente era siempre mi salvación.

—¡Oye! Qué raro que hiciste algo tan improvisado.

A pesar de que le había dicho que era ropa interior, Risa empezó a abrir el paquete allí mismo sin ningún reparo.

—¡Caramba! —soltó con una exhalación al verlas—. Qué bonitas... Muchas gracias. ¡Con esto ya lo tengo todo!

Se me pasó por la cabeza que era mejor que no gritara mucho para que no nos oyera nadie, pero ver el rostro sonriente y complacido de Risa me llenó de felicidad.

—Los niños son difíciles, ¿sabes? —Risa me miró todavía con la ropa interior en la mano, y yo proseguí—: Son difíciles, y también muy lindos, divertidos, frágiles, cabezones, hay que estar encima de ellos, crecen sin que te des cuenta y entienden las cosas mucho mejor de lo que te imaginas... Son realmente fantásticos. —Miré a Risa a los ojos mientras ella me escuchaba con atención—. Así que, prepárate para cumplir tus deseos. No hay nada de malo en ser ambiciosa. ¿Qué tiene de malo querer ser madre? Sé una mujer repleta de deseos, ámense el uno al otro con todas sus fuerzas y lleva a tu hijo en el vientre que irá dentro de esa ropa interior.

Risa apretó con fuerza la prenda en su puño y agachó la mirada. Tenía los labios torcidos y los ojos muy abiertos, con una expresión como de angustia. Conocía bien esa cara de Risa. Era la que ponía cuando se estaba aguantando las lágrimas.

—Risa... —empecé a decirle, y ella alzó la mirada—. ¡Felicidades!

Cuando conseguí decirlo, por fin se puso a llorar con la cara desencajada.

Una semana después de la boda, me llegó una postal de su viaje de luna de miel desde Sídney.

«Hay un clima buenísimo y me lo estoy pasando en grande. ¡Aquí el cielo es realmente tan bonito como el de la foto de esta postal!».

La fotografía lucía un cielo azul maravilloso. Y yo lo clavé bien con una tachuela en la pared para poder seguir admirando aquel cielo siempre.

CAPÍTULO 5

UN ENCUENTRO POR AZAR

[Rojo · Sídney]

«Si nos perdemos, nos vemos en frente de las jirafas». Eso era lo que habíamos decidido mientras paseábamos juntos, y apenas quince minutos más tarde yo ya había perdido de vista a Hiroyuki y me encontraba observando las jirafas.

Taronga es el zoológico más grande de Australia. Incapaz de hacerme una idea de lo que serían sus veintiuna hectáreas, pensé que aquella era una extensión demasiado grande como para tratar de encontrarnos.

En la guía de viajes decía que allí había más de trescientas cuarenta especies de animales. La jirafa era tan solo el cuarto animal que podía verse al entrar en el recinto. Para ver el zoológico entero se necesitaba todo un día, de modo que aquella espera haría que nos perdiéramos algunos animales. Los koalas estaban durmiendo, y todavía no había visto a los canguros ni a los emús.

Era diciembre, pleno verano en Sídney, donde hace un sol infernal, pero el clima es más bien seco y no húmedo como en Tokio. Con el sombrero a ras de los ojos, bebí directamente de la botella de agua con gas. Taronga se encontraba justo al lado del mar, por donde habíamos llegado en ferri aquella misma mañana desde el muelle de Circular Quay. Más allá del cerco de las jirafas, se vislumbraba el puerto de Sídney y, detrás, una masa de edificios amontonados. Jirafas, mar y rascacielos. Qué imagen tan curiosa.

La noche anterior habíamos ido a cenar a un restaurante japonés de la ciudad, donde había caído en mis manos un periódico gratuito en lengua japonesa. Se llamaba *Canvas* y al parecer no era para turistas, sino que estaba dirigido a japoneses que residían en Sídney. Me puse en un rincón lejos de la luz directa del sol, y abrí el periódico.

Era una edición especial de Navidad. Hasta ese momento no había caído en la cuenta de que las fiestas navideñas empezaban la semana siguiente.

«¿En serio? ¿En Australia Papá Noel llega haciendo surf?», pensé.

En el periódico había una imagen de Papá Noel subido a una tabla de surf con un traje de baño rojo y unos lentes de sol. Claro, estábamos en pleno verano. La verdad es que aquel Papá Noel con aspecto despreocupado me pareció graciosísimo.

Sin embargo, qué ardua tarea la suya. Con el trineo, los renos jalan los regalos, pero pensé que sería difícil y que debía de estar muy en forma para llevarlos encima de una tabla de surf. Tendría que ir con cuidado de que no se mojaran, y eso de cruzar el océano solo debía de ser muy solitario. Mientras pensaba que si yo fuera Papá Noel y me mandaran a Australia sería incapaz de hacer aquel trabajo porque jamás había hecho surf, alcé la mirada en busca de Hiroyuki.

Hiroyuki es una buena persona. Él era el jefe de la tercera empresa para la que trabajé después de inscribirme en una agencia de empleo. Es amable, no le da pereza contribuir con las tareas domésticas y siempre se muestra generoso. No me critica cuando cometo errores, y otro detalle que me gusta mucho de él es que trata a los meseros de los restaurantes sin desdén.

—¿Qué te parece si vamos a Sídney? —le pregunté cuando estábamos deliberando adónde ir para nuestra luna de miel.

—¡Estupendo! Buscaré un poco de información —me respondió sin mostrar desinterés ni oponerse, y después realmente buscó «un poco de información» mediante agencias de viajes y paquetes turísticos.

Hiroyuki es sin duda un hombre de palabra.

Nos casamos un día por la mañana y nos subimos al avión aquel mismo día, justo después de la ceremonia. Llevábamos dos días en Sídney, de modo que no hacía ni tres días que era su esposa. Esposa. La esposa de Hiroyuki. Al pensar aquello, sentí un profundo alivio en el fondo de mi corazón, pero también una profunda sensación de inquietud.

Enrollé el periódico, lo metí en la bolsa y miré el reloj de pulsera. Ya habían transcurrido veinte minutos y Hiroyuki seguía sin aparecer.

Una jirafa dobló el cuello con mucho ímpetu. Me pregunté si no debía de ser incómodo tener un cuello tan largo, y de dónde a dónde debía de dolerles la garganta a las jirafas cuando pescaban un resfriado. Parecía como si trajeran extensiones en las pestañas, que les restallaban en cada parpadeo. Hacía un rato que un par de jirafas estaban la una al lado de la otra; como es natural, no hablaban entre ellas ni se miraban, pero iban comiendo hojas mientras, de vez en cuando, alzaban la mirada en dirección a los lejanos rascacielos.

—¡Vaya! Pero ¡qué elegancia! —oí que decía una voz detrás de mí. Al volver la cabeza, me encontré con una anciana de constitución delgada, y a su lado había un anciano igual de pequeño que ella. El comentario no iba dirigido a mí, sino a las jirafas, porque mientras las miraban la anciana añadió—: Las manchas de la piel son bonitas, pero la cola también es preciosa.

—Y parece que traen una corona, ¿verdad?

Aquella conversación me pareció enternecedora. Habíamos coincidido con aquellos dos ancianos en el *hall* del aeropuerto de Narita. Recordé que había pensado que debían de formar parte del mismo paquete turístico que nosotros, porque en sus bolsas tenían la misma etiqueta de nuestra agencia de viajes. Me pareció una pareja feliz.

—¡Hola! Viajamos en el mismo avión, ¿verdad? —me preguntó ella con una sonrisa al ver que la observaba con ojos de envidia sana.

—¡Sí!

—¿Dónde está tu pareja?

—Pues... Nos perdimos —respondí cabizbaja, con cierto fastidio.

—¡Vaya! Están recién casados, ¿verdad?

—Hace tres días.

—¡Qué emoción! —exclamaron ambos al unísono, y después se rieron.

No solo guardaban parecido en su estatura, sino también en el rostro. Eran como dos cacahuates en plena armonía dentro de una misma cáscara.

—Será difícil encontrarse en un zoológico tan grande como este.

—No pasa nada. Dijimos que nos encontraríamos en frente de las jirafas en el caso de que nos perdiéramos, así que lo esperaré aquí... No sería la primera vez que se pierde de repente —comenté riéndome con cierta sensación de ridículo.

Así era. Hiroyuki es buena persona, pero en ocasiones actúa con tanta despreocupación que me asombra. Por lo general es amable, pero a veces me deja abandonada sin previo aviso y yo me quedo en ascuas. Es en esos momentos cuando me entra la inseguridad, y pienso que quizá yo no le guste tanto.

Trato de no darle tantas vueltas, pero uno de los factores que me causa inseguridad es el hecho de que esté divorciado. Siempre me digo a mí misma que ya estaba separado de su exmujer cuando nos conocimos y que, por tanto, no es que yo se lo arrebatara.

Al conocerlo tuve la certeza de que quería casarme con él. Nunca antes había sentido nada tan fuerte por alguien. Cuando mis deseos se hicieron realidad, empecé a preguntarme por qué no le había ido bien con su anterior esposa. Pero consideré que era mejor no preguntárselo directamente, y tampoco quería seguir cuestionándomelo. De modo que me convencí de que aquello no era asunto mío.

Pero supongo que su exmujer y él al principio se querían y por eso se casaron. En su boda se juraron el amor eterno, ¿no? Si el hilo rojo del destino* une a las personas que se casan, ¿por qué tantas parejas terminan divorciándose? Nada nos garantiza que nosotros no nos vayamos a divorciar también.

Unos niños se acercaron corriendo con un gran revuelo. Debían de ser australianos, porque gritaban palabras en inglés que, en su mayoría, yo no entendí.

A pesar de que estaban siendo muy ruidosos, la amplitud del lugar hacía que no lo parecieran tanto. El camino era de pavimento, pero los animales estaban rodeados de árboles y flores, y daba la sensación de

* Según una leyenda japonesa, el hilo rojo del destino es un hilo invisible que une los dedos meñiques de las personas que están destinadas a conocerse. Un hilo rojo que puede estirarse, contraerse o enredarse, pero nunca romperse. *(N. de la t.).*

que vivían tranquilamente entre la naturaleza. Un poco como en la selva.

—Aunque a veces desaparezca, después siempre regresa, ¿no? —preguntó la anciana.

Yo alcé la cabeza.

—Sí, pero venir hasta Sídney y que ocurra esto es desalentador.

—Te entiendo. No es de extrañar que en un sitio tan divertido e insólito como este uno se deje llevar por la curiosidad y pierda la noción del tiempo —comentó la anciana, sonriente.

—¿Cuántos años llevan casados?

—¿Nosotros? Cincuenta. Este viaje es para celebrarlo. Nos lo regaló nuestra única hija. Hace dos años, Pío... Este... Pío es como llamamos a mi hija. Pues Pío vino a la boda de su mejor amiga aquí en Sídney, y nos dijo que era una ciudad magnífica.

La comisura de los labios del anciano también esbozaba una sonrisa prácticamente igual a la de ella.

—Pero ¡qué buena hija tienen! —comenté, y la anciana se puso todavía más parlanchina.

—Nuestra hija administra una tienda de lencería en Tokio. Siempre ha tenido buena mano. Le encanta coser. Solía hacer vestidos, pero después descubrió lo interesante que era el mundo de la corsetería, y ahora se dedica a vender modelos únicos que ella misma diseña. Hace brasieres y ropa interior. Ve a verla un día, si tienes ganas.

—Por supuesto —dije, asintiendo con la cabeza.

Se me hizo muy extraño pensar que de aquella ancianita había salido una persona: un bebé que dio sus primeros pasos, que se convirtió en una niña y después en una adulta que había llegado a administrar una tienda y que había regalado a sus padres un viaje. Si aquella pareja de ancianos no se hubiera unido, aquella vida no habría llegado al mundo. Pensé que era increíble. La llegada de un ser al mundo es increíble.

Cuando le comenté a mi buena amiga Yasuko que quería ser madre, ella, que trabaja en un jardín de niños, me dijo que tenía que estar preparada para serlo. Hasta que conocí a Hiroyuki, yo nunca había deseado tener un hijo. Estaba convencida de que era incapaz de dar a luz y de criar a alguien. Sin embargo, después de que decidimos casarnos, por primera vez pensé que, si era de él, me gustaría tener uno.

De hecho, hasta entonces nunca había aspirado a nada. Desconocía por completo la emoción de querer o desear algo. Para mí, tener la capacidad de saberlo era un don. Un don con el que no se me había premiado.

Por eso, me sorprendí muchísimo a mí misma cuando sentí el deseo de querer tener un hijo. Así que al final llegué a la conclusión de que la única explicación de que anhelara aquello era porque Hiroyuki y yo estábamos predestinados. De ahí que viva con la preocupación secreta de qué voy a hacer si al final no lo estamos.

—¡Cincuenta años en armonía! ¡Ustedes estaban unidos por el hilo rojo del destino! —exclamé con admiración.

El rostro de la anciana se tornó serio de repente.

—¿El hilo rojo...? —repitió ella.

—¿Del destino? —terminó él.

Y a continuación, cruzaron una mirada entre ellos y estallaron en risas.

—No puedo creer que todavía haya alguien tan romántico que crea en algo como el hilo rojo del destino —continuó el anciano en un tono en absoluto burlón, sino más bien cálido y emocionado.

La anciana hizo aspavientos con ambas manos como abochornada.

—Lo nuestro no ha sido en absoluto un camino de rosas. Hemos pasado por mucho, y al final resultó que han transcurrido cincuenta años sin que nos diéramos cuenta.

—¿Alguna vez han querido divorciarse?

—Por supuesto. Muchas veces. Y quién sabe lo que nos depara el futuro...

Vaya. Así que las cosas iban de aquel modo.

—Entonces ¿el amor eterno es difícil de encontrar...?

Pensé que volverían a repetir mis palabras riéndose, pero esta vez no fue así.

—Sí lo es, sí. Es muy difícil y muy fácil a la vez. No se ama porque uno decida amar. El amor es extremadamente libre por naturaleza.

La anciana volvió la cabeza hacia las jirafas. La jirafa más voluminosa torció el cuello hacia la otra.

—Quizá sea por eso que en las bodas se juran los votos matrimoniales, ¿no?

Los animales, en cambio, no se juran nada. Las dos jirafas entrechocaron las cabezas con suavidad, y empezaron a lamerse las crines.

—¡Risa!

Al oír que de repente me llamaban por mi nombre, me volví hacia la voz y en aquel inesperado momento Hiroyuki apareció detrás de mí.

—Lo siento, estaba tan entretenido que me adelanté

sin querer. ¡Más allá hay un ornitorrinco! Al parecer no suelen dejarse ver, pero tuve suerte y vi con uno que nadaba en el agua. ¡Vamos a verlo juntos!

Hiroyuki hizo un breve bailoteo y se le sonrojaron las mejillas. Me entristeció que me hubiera dejado atrás, pero al verlo sonriendo de aquel modo era imposible no perdonarlo.

La anciana le sonrió.

—Tú debes de ser el marido de los tres días, ¿no? ¿Qué tal?

A pesar de aquella inesperada introducción, Hiroyuki le devolvió el saludo sin cohibirse. Ese tipo de cosas son las que me encantan de él.

—Estuvimos charlando un rato mientras te esperaba —comenté.

—Gracias por haberle hecho compañía en mi ausencia —les dijo con una reverencia, y acto seguido los miró con detenimiento primero a uno y después al otro, y a continuación comentó todo alegre—: ¡Cómo se parecen! ¡Podrían ser gemelos!

Temí que aquel comentario tan directo molestara a los ancianos dado que apenas acababan de conocerse, pero me tranquilizó ver que el señor soltaba una carcajada.

—¡Suelen decírnoslo! —respondió.

—El tiempo hace que nos parezcamos cada vez más,

¿no creen? ¿O ustedes se parecían ya desde el principio? —les preguntó Hiroyuki con simpatía.

—Buena pregunta... No sé si cada vez te pareces más o si acabas siendo idéntico —respondió el anciano en tono relajado.

—¡Ah! ¿Se refiere en cuanto a intereses y gustos?

—Bueno, más bien me refiero a que... Ella se ha convertido en mí y yo en ella.

Aquellas palabras me parecieron de lo más profundas. Tragué saliva.

—¡Qué filosófico! —dijo Hiroyuki, conmovido también por la profundidad del comentario.

—Pues ¡les quedan cincuenta emocionantes años para entenderlo! —dijo él riéndose de muy buen grado.

—¿Qué quiere decir...? ¿Que son lo mismo en cuerpo y alma? —pregunté con curiosidad, y la anciana se llevó las manos a las mejillas.

—Eso sería un poco aburrido. ¿Cómo explicarlo...? Puede parecer extraño, pero llega un punto en el que me sorprende que no haya un vínculo de sangre entre nosotros, ¿sabes?

—¡Por eso se parecen tanto! —dijo Hiroyuki.

La anciana hizo un gesto de negación con la cabeza.

—No, el parecido físico no tiene nada que ver. Creo que es más bien que me pregunto cómo puede ser que no seamos parientes de sangre. En el árbol genealógico, aparecen las relaciones de primer y segundo grado, ¿verdad? Eso es lo que a mí me asombra, que entre él y yo no haya un vínculo de consanguinidad, dado que no hay nadie en el mundo con quien yo tenga una unión más fuerte. ¡Es como si hubiera habido un error corporal!

—¡Eso! ¡Qué maravilla! ¡Eso significaría que incluso los genes pueden llegar a equivocarse! —exclamó Hiroyuki riéndose.

Sin embargo, me quedé tan pasmada que ni me reí. El hilo rojo. Más allá de un simple hilito que conectaba dos dedos meñiques, ¿acaso no simbolizaría la sangre que corre por todo nuestro cuerpo? No se trataba de jalar un hilo para unir unas manos que ya estaban conectadas desde un principio, sino de un sinfín de hilos rojos que nos conectan a medida que vamos acumulando experiencias. Quizá así sea como funciona con la persona especial que todos andamos buscando.

Alcé la mirada para observar el perfil del gentil Hiroyuki. Quién sabe qué sería de nosotros al cabo de cincuenta años. Sin embargo, quería vivirlos con él. Pensé que no había ninguna otra cosa en el mundo que me importara más que aquel instante en que la persona a la que amaba sonreía a mi lado. Sin duda, esos momentos son los que nos irían convirtiendo en pareja.

Hiroyuki cruzó su mirada con la mía y me sonrió. Sentí que la sangre corría por mis venas. Pensé que todo iría bien, que también yo tenía el «don» de querer, y me dije a mí misma que podía dejar de sufrir. Porque era feliz.

Qué más daba el destino, la eternidad y los votos matrimoniales.

CAPÍTULO 6

UN ROMANCE DE MEDIO SIGLO

[Gris · Sídney]

«Buenos días. Hoy también hay un clima maravilloso. Me alegra que hayas venido a desayunar».

No estaba acostumbrada a desayunar en una cafetería al aire libre, pero hacerlo de vez en cuando está muy bien. Delante de mí Shinichiro, mi marido, se estaba zampando unos huevos con tocino de lo más a gusto.

«Oye, ¿qué te parece? Llevamos cincuenta años casados. Ayer, en el zoológico de Taronga una chica recién casada nos dijo que si llevábamos cincuenta años de armonía es que estábamos unidos por el hilo rojo del destino. Ya ves... Cincuenta años, ¿eh? Estoy muy emocionada. ¿Quién iba a decirlo? Nuestra luna de miel fue una noche en Atami. Como trabajabas tanto, no pudimos viajar al extranjero hasta ahora. Este viaje a Sídney es el regalo que nos dio nuestra hija para las bodas de oro. Sí, nunca había sido tan feliz».

Tuvimos la buena fortuna de tener una hija a la que llamamos Hiroko. En el jardín de niños, escribieron su nombre con el carácter del «ro» más pequeño por error, y de ahí que empezaran a llamarla Hiko. Después, de Hiko, Piko; y de Piko, Pío. A mí el apodo de «Pío» me parecía muy lindo, como el cantar de un pajarito, y también empecé a llamarla así. En realidad, yo quería tener más hijos, pero a la cigüeña encargada de nuestra casa le costó mucho encontrarnos, y hasta mis treinta y seis años, cuando yo ya me había dado por vencida, no nos trajo a Pío, quien ahora tiene justo la misma edad que tenía yo en aquel entonces. Pensarlo me resulta extraño. Si diera un salto en el tiempo y mi yo de los treinta y seis la conociera, ¿de qué cosas hablaríamos? Quizá seríamos grandes amigas. A medida que la he visto crecer, muchas veces he pensado que la quiero no porque sea mi hija, sino por la persona que es. Pues resulta que se pasó diez años ahorrando con el fin de regalarnos un viaje al extranjero para nuestras bodas de oro. Es para emocionarse, ¿verdad? Su amiga de la infancia, Atsuko, había celebrado su boda en Sídney dos años atrás. Ella asistió a la ceremonia, recorrió todos los puntos de interés de la ciudad y, como le pareció maravillosa, pensó que, si algún día hacíamos ese viaje, Sídney era el lugar. En aquel entonces, ella trabajaba para un fabricante de ropa extranjero, pero estaba empezando a pensar en establecerse por su cuenta. Ahora tiene su propia tienda de lencería. Estoy muy orgullosa de ella.

La tienda de Pío se encuentra al lado del río, pero un poco más allá, cruzando el puente, hay una acogedora cafetería llamada Marble Café, donde trabaja un chico muy amable: Wataru. A veces pienso que, si hubiera tenido un hijo, habría sido como él, porque solemos mantener conversaciones de todo tipo y nos hemos hecho amigos.

No hacía mucho, yo había ido al Marble Café y Wataru me preguntó si sabía qué eran «las flores del cerezo de otoño». Debió de pensar que sabía de plantas porque soy aficionada a la jardinería. Le respondí que creía que guardaba relación con las flores del cosmos, porque «cosmos» y «flores del cerezo de otoño» se escriben igual en kanji.* Al darle aquella explicación, él

* Así es como se escriben en kanji: 秋桜. (N. *de la t.).*

respondió con un «¡Ah, claro!», pero puso una cara de no haber entendido nada de nada. Sea como sea, había decorado la cafetería con un árbol de Navidad para que la gente colgara papelitos con deseos como en la fiesta de Tanabata, y me contó que una clienta había escrito precisamente eso: «flores del cerezo de otoño». Al ver la expresión de su rostro mientras me lo contaba, enseguida supe que a Wataru le gustaba aquella clienta.

«¿Tú sabes lo que son? ¿Las flores de cerezo de otoño? Parece un acertijo, ¿verdad?».

—¿Qué crees que será esto? Parece chocolate... —me preguntó Shinichiro mientras untaba en silencio el pan con una crema café.

Aquella crema venía en unos tarritos amarillos que estaban al lado de las mermeladas, y tenían algo escrito en inglés que yo no entendía.

Shinichiro le dio un gran mordisco al pan y después esbozó una sonrisa, apurado. Qué gracioso. Estaba esperando que pusiera esa cara, pero reprimí reírme. Hacía un rato me había encontrado en la misma tesitura. Pensaba que sería algo dulce, pero aquello tenía un sabor amargo bien extraño. A mí me supo malísimo, pero dicen que las cosas hay que probarlas, ¿no?

Por eso pensé que era mejor que lo probara por sí mismo sin que le dijera nada al respecto. No le había dado más que un bocado, pero Shinichiro le dio un segundo todo decidido y, después de un tercero, pareció que ya no le costaba comérselo.

—Al principio me sorprendió lo extraño que era, pero después te acostumbras. Tiene un sabor interesante.

Si es que... No había nada que él no pudiera hacer. Incluso anotó en un papel el nombre en letras rojas que había en el tarro: «Vegemite».

—¿Beguemite? —leyó, ladeando la cabeza, sorprendido.

Al verbalizar el nombre, me pareció recordar que Pío nos había hablado de una crema con aspecto de chocolate que en realidad era algo amargo y muy bueno para la salud. Sí, sin duda era eso. Aquella crema parecía dulce, pero en realidad era amarga, como la vida misma.

Por alguna extraña razón, siempre que observo comer a Shinichiro me entra una sensación de paz. Él siempre se lo come todo con sumo respeto. Aunque esté pasando por una muy mala temporada, cuando come sonríe y se toma su tiempo para degustar cada sabor. Según él, toda dificultad puede sobrellevarse si nos mostramos agradecidos con los alimentos de cada día. Y yo, cuando pienso de ese modo, también me animo.

Me pregunto cuántas comidas habremos compartido. Y cuántas comidas nos quedarán por compartir.

Nosotros nos casamos por amor. Yo era la secretaria de una empresa de puentes y caminos donde él trabajaba y que tendría una docena de empleados. Como yo era la única mujer, era bastante popular. Lo de secretaria es un decir, porque yo allí hacía de todo: servía tés, cómo no, pero también me encargaba de las tareas de limpieza, de hacer mandados y a veces incluso de hacer *onigiri** para todos. Cómo decirlo... Parecía la mánager de un equipo. Visto con perspectiva, mis años de juventud podían resumirse de este modo.

Shinichiro era un hombre muy muy serio, de cuerpo menudo y que, encima, no destacaba porque él no quería. Incluso cuando alguien se atribuía el mérito de

* Bolas del arroz comúnmente rellenas de distintos ingredientes y envueltas con alga nori que los niños suelen llevar al colegio como *lunch*, o que se comen como tentempié a lo largo del día. *(N. de la t.).*

un buen resultado que había sido fruto de su esfuerzo, él se quedaba en un rincón sonriendo de lo más tranquilo. Yo me desesperaba. Cuando le preguntaba medio enojada por qué no se hacía valer más, me respondía con serenidad que él solo no lo habría conseguido y que, si aquello suponía un beneficio para la empresa, qué más daba quién lo hubiera hecho. Llegué a pensar que nunca ascenderían a aquel pobre hombre. En aquel entonces a mí me gustaban los hombres duros y salía con Yōsuke, el chico más corpulento y con mayor vozarrón de la oficina, que era a su vez uno de los directivos. Realmente pensaba que acabaría casándome con él.

Sin embargo, Yōsuke era el favorito del director general, y este le ofreció casarse con su hija. Aunque parezca una historia barata de serie B, la cuestión es que Yōsuke me dejó plantada así sin más. Lloré hasta la saciedad y, a pesar de que no tenía ninguna culpa de nada, hasta llegué a pensar en presentar mi dimisión. Pero justo entonces Shinichiro me pidió que nos casáramos.

Me propuso matrimonio directamente, sin invitarme antes a salir. Yo pensé que me lo pedía por lástima y le respondí con rabia que no quería casarme con alguien tan aburrido como él, porque a mí me gustaban los chicos guapos y lanzados. Mi turbada alma quiso herir al bueno de Shinichiro.

—Me convertiré en un hombre interesante. Lo prometo. Ahora puedo parecer un soso, pero te aseguro que con el paso de los años me convertiré en un hombre de provecho, canoso y atractivo —me respondió él sonriente, sin mostrarse afectado, con su habitual elegancia y actitud reservada.

Me quedé boquiabierta, observando la sonrisa de Shinichiro durante unos instantes. Y, después, me lo imaginé. Me imaginé a Shinichiro de mayor. Y me sorprendí a mí misma de lo fácil que me resultó hacerlo. ¡Y pensé que realmente se convertiría en un magnífico hombre canoso y atractivo! Pensé que con un hombre así era imposible ser infeliz. De modo que me imaginé que superaría mis expectativas, y me convencí de ello.

Al final dejé la empresa y me casé con él, pero diez años más tarde el presidente de la empresa cayó enfermo y, en lugar de darle el cargo a Yōsuke, se lo dieron a Shinichiro. La relación entre Yōsuke y la hija del presidente no había funcionado. No habían pasado ni tres años desde la boda y ya se habían divorciado, porque él se había aficionado al juego y se iba con otras mujeres. De modo que, como era de esperarse, lo apartaron del negocio y cayó en el olvido. Al parecer, ella después se enamoró de otra persona y volvió a casarse, pero se trataba de alguien ajeno a la empresa.

Tras el fallecimiento del presidente, Shinichiro buscó a Yōsuke por todas partes, hasta que al final descubrió que se ganaba la vida como jornalero y le propuso que juntos sacaran la empresa adelante. En aquel entonces el negocio iba bien y en la empresa no necesitaban la ayuda de Yōsuke, pero Shinichiro siempre había estado preocupado por él. De haberle ofrecido un contrato como asalariado, el orgullo de Yōsuke habría quedado hecho añicos, porque sin duda debía de saber todo lo nuestro. Sin embargo, con Shinichiro como socio, Yōsuke respondió que sí agradecido. La verdad es que admiro muchísimo a ambos.

Desde el regreso de Yōsuke, la empresa creció y hubo más movimiento. Aun así, Shinichiro continuó fiel a sí mismo: honesto, humilde y siempre sonriente. Jamás cedió ante nadie, por muy eminente que fuera, como tampoco se mostró nunca altivo con ningún empleado nuevo.

A mi modo de ver, la humildad verdadera va a la par con la confianza en uno mismo, y la verdadera gentileza, con la fortaleza.

Hará unos cinco años, un día caí de repente en la cuenta de que Shinichiro tenía el cabello blanco. Bueno... Más que blanco, era un cabello canoso muy atractivo.

—¿Me serviría más café, por favor? —le pidió Shinichiro a una mesera cuando terminó de comer.

Parecía complacido de que entre el personal del hotel hubiera japoneses.

—¡Ahora mismo! —le respondió ella con jovialidad.

La chica tenía el cabello de color negro azabache, que traía recogido en una cola de caballo, y lucía una pulsera de color verde brillante que le quedaba muy bien.

Al verla, pensé en que yo tendría más o menos su edad cuando conocí a Shinichiro, y recordé cuando, en aquel entonces, le servía el té con amabilidad.

—Shinichiro, cumpliste con tu palabra —le dije, y él pestañeó dos veces con una risita jovial.

—¿A qué te refieres?

Entonces pensé que quizá me había excedido diciendo aquello. Me hacía sentir mal obligarlo a escucharme mientras desayunaba cuando quizá todavía seguía con hambre. «¿Quieres más pan?», estuve a punto de decirle, pero justo en aquel momento llegó la mesera con la cafetera en las manos.

—Aquella ave de allí es un lori. Tiene unos colores muy vívidos, ¿verdad?

Efectivamente, tenía la cabeza azul; el pecho, naranja; las alas, verdes; y una línea amarilla en el cuello como si llevara una bufanda. ¡Tenía un colorido realmente asombroso!

—¡Eres preciosa! —me pareció entender que exclamaba Shinichiro de repente.

Me quedé sin palabras. El corazón me había dado un vuelco. A mi edad... Aquellas repentinas palabras me sonaron como la melodía de un harpa. Cuántas décadas hacía que Shinichiro no me decía algo así. No, no... Eso no me lo había dicho ni siquiera de recién casados. Me mordí el labio inferior feliz y ruborizada, alcé la vista y vi que él estaba mirando en dirección al ave. Entonces, dudé de si su elogio había sido para mí o si iba dirigido al ave.

«Pero ¡qué más da!», pensé mientras observaba primero al colorido lori y después a Shinichiro, que sonreía con su habitual serenidad. «Tu atractivo cabello canoso es sin duda mucho más bonito».

CAPÍTULO 7

LA CUENTA ATRÁS

[Verde · Sídney]

Por qué será que todo el mundo se queda atónito cuando me preguntan qué vine a hacer a Australia y yo les respondo que «a pintar el verde».

Hay quienes sueltan un «Ah, ¿sí?» y acto seguido interrumpen la conversación, mientras que otros insisten con más preguntas para ahondar en mis razones y objetivos. También suelen preguntarme si por verde me refiero al verde de la naturaleza, pero cuando yo les replico que no, que es el color verde en sí lo que me interesa, ellos repiten dubitativos: «¿Cómo que el color verde en sí?».

Sé que es difícil de entender, pero a mí me encanta el color verde. Sin embargo, son muy raras las ocasiones en que la gente lo entiende a la primera. No hace mucho, en el restaurante del hotel en el que trabajo, al decirle a una señora que estaba aquí para pintar el verde, ella respondió sin dilación: «Ah, entonces eres pintora».

Le contesté que no, que solo pintaba por placer, pero ella se mostró en desacuerdo.

—No, el pintor es aquel que pinta, no el que cobra por ello —me dijo con una sonrisa.

Ella y su marido parecían muy unidos. Me contaron que su hija les había regalado el viaje a Sídney para celebrar sus bodas de oro. Yo no me consideraba una pintora, pero que me lo dijera una pareja con tanta experiencia sobre la vida hizo que me lo creyera.

Era el día de Nochevieja y había un clima magnífico. En Sídney, hay un periódico gratuito llamado *Canvas* dirigido a la comunidad japonesa; a mí me habían hecho una entrevista para un artículo titulado «Mi experiencia con un visado *Working Holiday*», que salió publicado después en su página web. Antes de eso no solía leer aquel periódico, pero a partir de entonces empecé a adquirir todos los números. Me gusta especialmente la columna de una chica que se llama Mako. Suele escribir sobre las diferencias culturales entre Japón y Australia, y añade conversaciones en inglés. El artículo de aquel mes trataba sobre Nochevieja.

Según el artículo, en el puente de la bahía de Sídney pueden verse unos magníficos fuegos artificiales en el momento de la cuenta atrás. Al parecer, el cielo se llena de luces que se reflejan en el puerto como un espejo e iluminan toda la zona; y todas las personas que acuden a verlo lo celebran entre besos.

Pero a mí aquello me daba pena. Mi plan era no salir y pasar el Fin de Año en casa, dado que no tenía con quien besarme y me daba vergüenza hacerlo con desconocidos. De modo que, aquel día, fui hasta los Royal Botanic Gardens con mi libreta y mis colores, como de costumbre. El jardín botánico es tan extenso que para recorrerlo entero debe dedicársele como mínimo medio día. La frondosidad de los árboles, el esplendor de las flores, los murciélagos que cuelgan de las ramas de los árboles y el trenecito rojo para los turistas que lo recorre... Es increíble que haya un lugar tan maravilloso en medio de un barrio de oficinas. Pasé por mi tienda preferida de sándwiches para llevar y compré un sándwich de pollo y una limonada. En el colegio me habían enseñado que aquello era un «*take away*», pero eso era en inglés americano, dado que en australiano se dice «*take out*». El hombre que me atendió, vestido con su habitual delantal naranja, me deseó los buenos días con su acento australiano, me levantó el dedo pulgar y me guiñó un ojo.

Llevaba los dos complementos imprescindibles para combatir los rayos de sol del verano, el sombrero y los lentes de sol, pero me los quité cuando me senté junto a las raíces de un gran árbol, dispuesta a disfrutar de tan preciado momento. Di un sorbo a la limonada. El sol era abrasador, pero una vez en la sombra me envolvió aquella anhelada sensación de frescor. El nítido azul de la bahía de Sídney enaltecía el paisaje. Abrí el cuaderno con total satisfacción. Estrujé los tubos de pintura amarilla y azul sobre la paleta. Empecé a crear yo misma el color verde atenta a las sensaciones y pensamientos, lo extendí en la paleta, pinté y me deleité con el tacto del pincel, olí el aire del parque, de los árboles, de las hojas y de los colores, y mi mundo se tiñó de verde. Estaba feliz.

—¿... tuyo?

De repente me di cuenta de que alguien me estaba hablando y volví en mí de un sobresalto. Sin que me diera cuenta, un chico menudo de cabello castaño se había arrodillado a mi lado para observarme.

—¿Cómo?

—¿Esto es tuyo? —me repitió la pregunta sonriente a la vez que me mostraba un pañuelo.

Me relajé.

—¡Vaya! ¡Sí, es mío!

Me levanté de un salto y tomé el pañuelo. Hacía un rato me había secado el sudor con él mientras caminaba, y se me debía de haber caído al intentar guardarlo en el bolso lateral de la mochila.

—Muchas gracias —le dije, y él me dedicó una leve reverencia, enseñándome su dentadura perfecta.

—¿Y este verde?

No podía creer lo que veían mis ojos. Yo no soy vidente ni tengo ningún tipo de experiencia ni conocimientos sobre el tema, pero el chico estaba envuelto de una suave luz verde, como si de un aura se tratara. Y eso que iba vestido con una camisa blanca. Mientras yo permanecía allí pasmada, él bajó la mirada hacia mi cuaderno y exclamó:

—Así que ¡eres pintora!

—Sí.

No sé por qué respondí que sí, porque en realidad quería decirle que no. Quizá fuera por aquella conversación que había mantenido con la pareja de ancianos en el hotel.

—¡Lo sabía! ¿Me enseñas qué hiciste? —me pidió con la inocencia de un niño, y después se agachó para tomar el cuaderno.

La pintura no se había secado todavía, y él observó aquel verde como con cariño. No sé muy bien cómo expresarlo, pero en aquel momento me invadió una sensación de plenitud. Yo también me senté, y los observé en silencio: a él y a aquel verde.

—No usas verdes ya hechos, ¿verdad? —me preguntó sin apartar la mirada del cuaderno.

Me imaginé que se habría fijado en la paleta.

—No. Los creo yo misma.

Mezclando con minuciosidad el amarillo y el azul, hago un sinfín de tonalidades.

No sé desde cuándo. Que yo recuerde, ya me pasaba cuando iba al jardín de niños, así que quizá sea desde que nací. El color verde siempre me ha fascinado. No es solo que me guste, sino que va mucho más allá de eso. El verde era mi amigo, mi talismán de la suerte, mis recuerdos, mi futuro. En momentos difíciles, me animaba. Cuando no me llevaba bien con mis compañeros del salón, hacía que no me sintiera sola. Lo que para otros significaba un perro, un gato, la música o un libro, para mí lo era el verde. Por este motivo siempre he procurado mantenerlo cerca de mí.

Cuando trabajo en el hotel, me pongo una pulsera de un color verde vivo para que me dé energía. En la cama, tengo una funda de almohada de color verde oscuro que me calma para dormir. En mi día a día, uso un pañuelo verde fresco que puede usarse para todo.

Lo primero que miro cuando elijo cualquier objeto, material o mueble siempre es verde. Pero no todo lo que es verde me parece bien. También hay verdes que no me gustan. Muchas veces pienso que un verde me gusta y después me doy cuenta de que en realidad no me convence del todo. Por eso me dedico a crear mis propios verdes.

Durante la carrera, cuando vivía en Kioto, fui a una pequeña galería de arte en la que se podía entrar libremente. Su propietario había reunido una colección de cuadros no porque fueran reconocidos, sino porque eran de su agrado.

Una vez dentro de la galería, observé las obras y, sin darme cuenta, me detuve ante un cuadro pintado con acrílico.

Se trataba de una pieza que rezumaba aires de naturaleza. La obra desprendía una fuerza vital extraordinaria y, a su vez, en ella se vislumbraba una fragilidad intrínseca demoledora. Parecía que los árboles bailaran, que las hojas cantaran. Aquel verde me dejó fascinada.

—Es de unos jardines que hay en Sídney. Lo pintó un amigo mío —oí que alguien me decía a mis espaldas, y al volver la mirada me encontré con un señor mayor de aspecto educado.

Me imaginé que debía de ser el propietario de la

galería. Era de constitución menuda y tenía un gran lunar en medio de la frente. Volví a mirar el cuadro. Fue realmente como si el cuadro me estuviera diciendo: «Ve a Sídney. La ciudad te está esperando».

—¡Deberías ir!

El señor del lunar se sacó una tarjeta de presentación del bolsillo que tenía en el pecho de la camisa, y en el dorso escribió el nombre de los jardines: Royal Botanic Gardens. Parecía como si, por la expresión de mi semblante, sin haberle dicho yo nada, me hubiera entendido a la perfección. En la tarjeta lo único que había escrito en horizontal era «Maestro», sin ningún teléfono ni dirección de correo electrónico.

¿Hasta qué punto un cuadro podría propiciar un gran cambio en la vida de alguien? Soy de las que creen en ese tipo de cosas. Sin duda, Sídney me estaba llamando.

Así que me busqué un empleo a tiempo parcial, me gradué, pedí el visado que me permitía viajar y trabajar, y me vine para Sídney.

En el instante en que puse los pies en aquel deseado jardín botánico, me dio la sensación de que el jardín me susurraba: «Te estaba esperando». ¡Ah! Allí estaba, al fin rodeada de «mi verde». Durante mucho tiempo había amado el verde, pero fue la primera vez que percibí que el verde me correspondía. Por eso, cuando voy a aquel jardín botánico y abro mi cuaderno es como si tuviera una cita con dicho color. Pero eso no se lo podía contar a nadie. Una cita... Al pensar en aquella palabra, recordé que a mi lado tenía a aquel amable y sonriente chico que había aparecido de la nada. Pensé que tendría unos veintitantos años, pero que también podría ser más joven; o, según cómo se mirara, también podría ser mayor.

—¿Serías tan amable de enseñarme más? —me pidió con sumo respeto.

Nunca le había enseñado a nadie mi cuaderno, pero pensé que, si era a él, no me importaba hacerlo.

—Sí, por supuesto —le respondí; pero el chico, en lugar de pasar la página, me devolvió el cuaderno.

Sentados uno junto al otro, le fui enseñando todos mis verdes con toda la tranquilidad del mundo.

El lugar. La estación. El momento. Los verdes que había visto. Los verdes que me había imaginado. Los lápices de colores, los pasteles, las pinturas. Las formas de las hojas, los círculos, los cuadrados, los motivos geométricos, el relleno, las manchas de agua, el puntillismo. Mis verdes. Mis verdes y yo.

—¿Te llamas You? —me preguntó al observar mi firma en la esquina de un cuadro.

—Sí.

En realidad, me llamo Yū, pero el kanji con el que se escribe tiene muchos trazos y es difícil escribirlos con el equilibrio que requieren.* De modo que prefiero firmar como You con una letra pequeñita.

—Es como si firmaras «Tú» en inglés. ¡Qué bonito! Seguro que tus cuadros están muy solicitados, ¿no?

—¡En absoluto! De hecho, nunca he expuesto ningún cuadro. Solo pinto para mi propia satisfacción.

En ese punto, me avergoncé un poco de haber afirmado que era pintora unos minutos antes.

Estaba tan cerca de mí que podría haberle tocado el rostro, pero fui incapaz de volverme hacia él. Quizá estaba sonriéndome.

—¿No me lo preguntas? —le dije con la mirada puesta en el suelo.

—¿Qué cosa?

—Pues por qué solo uso el color verde.

—¿Acaso es necesario que haya una razón?

El chico inclinó el cuerpo un poco hacia delante,

* 優 significa «amable», «dulce», «grácil», «elegante». *(N. de la t.)*.

recolocándose. Fue un gesto sutil, pero con ese cambio de postura me dio a entender que era para que pudiéramos hablar mejor.

—Además, podría decirse que todos son de color verde, pero en este verde hay un sinfín de tonos. ¡Yo aquí veo muchos colores distintos! ¡Y todos son igual de maravillosos! Transmiten felicidad, diversión, tristeza, furia, amor y pasión. Así es como yo los percibo. Ojalá pintes muchísimos más —comentó él con voz serena, pero firme.

—Entonces... ¿crees que haré bien si sigo en esta línea? —me salió preguntarle sin pensar, para mi sorpresa.

En ese momento, tuve la sensación de que una puerta que creía cerrada se había abierto de repente al reparar en lo que yo misma decía. Y a partir de ahí las palabras brotaron sin parar.

¿Podía seguir pintando verdes como había hecho hasta aquel momento?

Mi madre siempre me había recriminado que yo no fuera como los demás niños y niñas. Me decía que eso de pintar cuadros solo de color verde y coleccionar objetos de ese único color era inútil, que le daba cosa y que eso era un poco loco. En quinto de primaria, mi tutor sugirió que me hicieran un examen psiquiátrico y, a partir de ese momento, mi madre jamás volvió a sonreírme. Destruyó y tiró a la basura muchos de mis cuadros verdes, que tan importantes eran para mí. Pero fui incapaz de pedirle que se detuviera. Lo viví como si quien los estuviera destruyendo y tirando a la basura fuera yo misma. Lo único que fui capaz de hacer fue observarla y llorar con el corazón en un puño, porque siempre había pensado que mi madre era dueña de la razón absoluta. Aquel día me llegó a decir que aprendiera de mi hermano, que era muy bueno en los estudios, porque yo era un verdadero fracaso, y que nunca podría ver en mí a una hija adorable mientras yo pintara aquellos cuadros horrorosos y no tuviera amigos.

Dadas las circunstancias, siempre quise irme de casa tan pronto como terminara la universidad. Deseaba irme lo más lejos posible. De modo que, cuando aquel cuadro del jardín botánico y su color verde me llamaron, fui muy feliz. Quizá me autoconvencí de que la cosa había sido así porque yo lo deseaba, pero realmente aquello resultó ser mi salvación. Sin embargo, solo faltaban tres meses para que expirara mi visado. ¿Qué iba a hacer cuando regresara?

Tras un silencio, el chico respiró hondo y posó una mano con suavidad sobre mi cabeza.

—Te pusiste triste, ¿verdad? —me preguntó y, para tranquilizarme, me dio un par de palmaditas en la cabeza y, después, extendió los brazos y me abrazó diciendo—: A pesar de todo, ¿verdad que no pudiste dejar de pintar? ¿Verdad que el verde no dejó nunca de gustarte? Pues eso es porque eres pintora...

Entonces, el chico bajó los brazos y me asió una mano.

—Tú sigue pintando. ¡Tus verdes ayudarán a mucha gente! Lo que pintas para ti no es solo para ti, sino también para los demás. Deja que cada uno encuentre el verde que va con ellos. Muéstralos a todo el mundo.

Yo prorrumpí en llanto. Sollocé como una niña pequeña que todavía no aprende a hablar. Lloré, lloré y lloré con todas mis fuerzas, y dentro de mí se rompió algo rígido, pesado e innecesario a lo que me había agarrado durante mucho tiempo con la falsa creencia de que era importante. Mi corazón lo sabía. Siempre había querido hacerlo. Por fin era verdaderamente libre.

El chico me estrechó la mano con un poco más de fuerza, y después me besó en la frente.

A pesar de que no lo conocía para nada, no tuve la sensación de que fuera un extraño. Todo lo contrario, me pareció como si lo conociera de toda la vida. Aun así, me entró vergüenza y fui incapaz de mirarlo. Todavía quedaban unas horas para la cuenta atrás, pero yo ya había recibido un beso de Año Nuevo por adelantado de parte de aquel chico.

—Gracias... —me dijo soltándome la mano con naturalidad—. Por quererme... —me pareció oír.

O quizá fuera fruto de mi imaginación.

Me sequé las lágrimas con el pañuelo que él me había recogido, aliviada al fin, y entonces me di cuenta de que todavía no le había preguntado su nombre. Así que alcé la mirada hacia él con una sonrisa.

Sin embargo, a mi alrededor no había nadie, tan solo el exuberante follaje verde de los árboles que bailaba mecido por la suave brisa.

CAPÍTULO 8

EL DÍA MÁS BONITO DE LA VIDA DE RALPH

[Naranja · Sídney]

Al lado del jardín botánico había una pequeña tienda de sándwiches cuyo escaparate tenía un cartel naranja con letras blancas con el nombre de «Ralph's Kitchen». Ralph era quien administraba la tienda.

Todas las mañanas, Ralph se ponía el delantal naranja y preparaba los ingredientes para los sándwiches mientras canturreaba. Sacaba el jamón, la lechuga, el tomate, el salmón ahumado... Cortaba los huevos duros en trocitos y los sazonaba con abundante mayonesa y un poco de mostaza. Bañado por los primeros rayos del sol, se imaginaba emocionado qué clientes acudirían a la tienda aquel día. Ralph estaba a punto de cumplir los cuarenta, pero por su aspecto podía parecer un poco mayor, puesto que tenía una panza prominente, estaba casi calvo y le gustaba hacer bromas tontas. Ralph siempre se despedía de sus clientes con un sonoro «*Good day!*» acompañado de un guiño. En Australia, esta es la expresión que se usa tanto para decirse «hola» como para desearse un buen día. Con estas palabras, siempre animaba a los clientes, a los que hacía sentir como quien de pronto se recupera de un resfriado. Quizá porque era el modo que tenía de expresar que le gustaba de corazón compartir los instantes que pasaba con ellos. La radiante sonrisa de Ralph rebosaba buenos sentimientos.

Ralph no estaba casado ni tenía pareja. En el pasado le había gustado una chica, pero, como a pesar de ser jovial era extremadamente tímido con las mujeres, él nunca llegó a confesarle sus sentimientos y al final habían perdido el contacto.

Ralph era bueno en las tareas domésticas, de modo que se las arreglaba bien viviendo solo, pero, cuando veía florecer las plantas del balcón, le entristecía no tener una pareja con quien contemplarlas.

En su origen, Ralph's Kitchen había sido una panadería que administraba su padre. Al terminar los estudios, Ralph empezó a trabajar en un banco, pero tres años atrás, cuando su padre trasladó la panadería a un local más grande del centro de la ciudad, Ralph dejó el banco y tomó las riendas de la tienda.

A él el trabajo de gestionar y contar el dinero con minuciosidad no le disgustaba especialmente, pero prefería tratar con clientes de un modo cercano y compartir pensamientos del tipo «¡Los tomates del día tienen un brillo espléndido!», «¡Hoy va a hacer calor, prepararé más limonada fresca!» o «¡Quizá cambie el diseño de las servilletas!». De este modo, gozaba de su trabajo, conectado con sus propias emociones, sin tener que pensar todo el día en números. Por decirlo de algún modo, Ralph estaba en la tienda como pez en el agua. Aunque, sin duda, su experiencia en el banco le había servido de mucho para llevar las cuentas del negocio. El color corporativo de la tienda era el naranja, color que había elegido porque le traía buenos recuerdos.

Tres años atrás, cuando todavía trabajaba en el banco, Ralph se enamoró de Cindy, una chica que vivía en el departamento de al lado de la tienda. Cindy era bella e inteligente, y tenía unos quince años menos que Ralph. Él no sabía exactamente a qué se dedicaba. Ahora bien, cuando ella abría la puerta de su casa o ambos abrían las ventanas de sus habitaciones los días soleados, un sutil y dulce aroma flotaba en el aire. En el instante en que olía aquel aroma, Ralph se sumía en un estado de paz y no podía evitar cerrar los ojos del deleite. No sabía si se trataba de un perfume, del olor a flores o a fruta, si era todo en su conjunto u otra cosa, pero aquel aroma le fascinaba realmente. Sin embargo, cuando Ralph se encontraba con Cindy en la entrada o en la calle, era incapaz de preguntarle por aquel aroma, y se limitaba a hacerle bromas triviales para hacerla reír.

Cierto día de invierno, Ralph se disponía a ir al trabajo y, al salir del departamento, se encontró a Cindy atándose las agujetas de las botas delante de la puerta de su departamento.

—¡Buenos días, Ralph! —lo saludó con una sonrisa pura como una flor de loto.

—Qué pronto sales hoy... —consiguió decirle muy nervioso.

—Sí, tengo que tomar un autobús. ¿Vas a la estación?

Cindy se puso de pie y caminó a su lado con toda la naturalidad del mundo. Al principio Ralph quiso decirle algo interesante, pero la timidez se apoderó de él y caminó en silencio con la mirada postrada en el suelo.

—Oye, ¿puedo preguntarte algo? ¿Cuál es tu color preferido? —le preguntó ella en tono distendido, como para suavizar la tensión del ambiente que parecía percibir.

A Ralph aquella pregunta fortuita lo tomó por sorpresa. Sin embargo, como atraído por el dulce aroma que le cosquilleaba suavemente la nariz, respondió:

—El naranja.

—¿Y eso? —le preguntó Cindy repleta de curiosidad, con un gesto muy gracioso.

Contagiado de su simpatía, Ralph sonrió y le contestó:

—Es un color divertido. No es tan chillón como el rojo, ni excéntrico como el amarillo. Pero también aporta luminosidad, y transmite fuerza y alegría.

Cindy parpadeó y, después, le dedicó otra sonrisa.

—Es verdad. Dicen que el naranja refleja lo que quieres ser. Aunque, al parecer, más que el color elegido en sí, la respuesta verdadera yace en el razonamiento que se exponga. Pero ¿sabes qué, Ralph? Yo creo que tú ya eres eso —comentó Cindy con cierta satisfacción.

Ralph se quedó reflexionando cómo debía responder a aquello, pero no conseguía articular palabra y, sumido en aquel pensamiento con la frente sudorosa, llegaron a la parada de autobús.

Cindy se puso en la fila de la parada y Ralph se detuvo allí con ella, esperando en silencio a su lado, hasta que poco tiempo después llegó su autobús. «Di algo. ¡Vamos! ¡Di algo!», se dijo impaciente, pero al final quien rompió el silencio fue Cindy.

—Tendré un ojo puesto en el naranja —le dijo ella con voz suave, pero decidida.

¿Cómo que tendría un ojo puesto en el naranja? ¿Qué quería decir con aquello?

—Hasta pronto, señor Naranja.

Ralph se quedó boquiabierto y, sin esperar una respuesta, Cindy se subió al autobús y se fue. Una semana después, se enteró por otra vecina de que se había mudado y no pudo retomar la conversación con ella.

Medio año después de aquello, Ralph decidió abrir la tienda de sándwiches. También por aquel entonces, decidieron derrumbar el bloque de departamentos en el que vivía, dado que era un edificio antiguo y no había otra alternativa. Al enterarse de aquello, le entristeció pensar que, si algún día Cindy regresaba, no sabría dónde había ido a parar. Aquellos departamentos eran el único punto en común que los unía. Ralph se arrepentía de no haber hablado más con ella por pura timidez. Tendría que haberle dicho que le gustaba a pesar de que no fuera mutuo. Y pensó que, si volvía a verla, le transmitiría sus sentimientos.

«Bueno, qué se le va a hacer», se dijo a sí mismo con una sonrisa. Como ella le había dicho que tendría un ojo puesto en el naranja, decidió en su momento que el color corporativo de la tienda sería precisamente ese, el naranja.

Más allá de eso, elegir un toldo, un cartel y un delantal naranjas había sido, de hecho, una decisión acertada, porque los vecinos, en lugar de «Ralph's Kitchen», llamaban a su negocio «la tienda naranja». Eso le hacía feliz. Estaba muy orgulloso de que lo identificaran con aquel color y no con su nombre. Cuando pensaba que la gente buscaba ese naranja luminoso para comprar un sándwich que les llenara la panza, le invadía una alegría tal que tenía la sensación de que le iban a nacer unas alas en la espalda y saldría volando.

Y todo gracias a Cindy.

Cierto día, al terminar de limpiar el local una vez cerrada la tienda, Ralph se detuvo para recordarla. Se sentó en el taburete que había al lado del mostrador y cerró los ojos. El semblante se le relajó con naturalidad al evocar su cabello largo como la hiedra e imaginarse cómo sería el tacto de su nívea y tersa piel.

Muy suave.

Le pareció que olía aquel querido sutil y dulce aroma, y con los ojos todavía cerrados respiró con profundidad.

—¡Te encontré!

«Caramba, hasta oigo su voz...», pensó Ralph riéndose, y después abrió los ojos con lentitud.

Y allí se encontró a Cindy de pie ante él. Tenía un aspecto un poco más adulto respecto a hacía tres años. Había aparecido de la nada, como una bailarina que sale de repente de una caja de música.

—¡Cuánto tiempo sin verte, Ralph!

—¿Cindy? ¿De veras que eres tú? ¡No lo puedo creer!

—¡Sí, soy yo! Estuve en el Reino Unido. Ayer regresé a Sídney.

Ralph tenía un sinfín de cosas que quería decirle. Empezó por la segunda.

—¿Cuál es tu color preferido?

Cindy respondió sin vacilar, como si supiera que iba a preguntarle aquello.

—El turquesa.

—¿Y eso?

—Porque es misterioso, ¿no crees? Es un color mágico que provoca que sucedan cosas como que me hayas esperado en una tienda naranja y me hayas recibido con una sonrisa.

Azul turquesa... Qué bonito. Ese color le quedaba muy bien, pensó Ralph a la vez que asentía con la cabeza. Cindy se le acercó con sigilo y tiró del ribete del delantal de Ralph con picardía.

—Mi magia quizá haya surtido efecto...

De un modo instintivo, Ralph extendió los brazos a más no poder y abrazó a Cindy con todas sus fuerzas antes de que la timidez se apoderara de él.

—¡Funcionó! Quizá haya surtido más efecto del esperado... Pero ¡funcionó!

Cindy alzó un poco la cabeza, sonrió feliz como quien gana una medalla de oro, y después acurrucó la cabeza contra el pecho de Ralph.

Ralph se impregnó del aroma de Cindy. Sin saber si estaba riendo o llorando de alegría, volvió a abrazarla con firmeza y le dijo otra de las cosas que quería decirle:

—No deshagas el hechizo, ¿de acuerdo? Que sea para siempre.

Los rayos de sol del atardecer entraban por la ventana. «*Good day, Ralph!*», parecía que le augurara aquella luz naranja que los envolvía, aunque Ralph no se diera cuenta de eso entonces.

CAPÍTULO 9

EL REGRESO DE LA BRUJA

[Turquesa · Sídney]

Siempre quise ser bruja. Ya en el jardín de niños al que iba en Sídney, cuando estaba aprendiendo el abecedario, me pasaba el día pensando en ello. No sabía cómo podría llegar a serlo ni quién podría enseñarme, pero estaba convencida de que aquello era lo que quería. Si bien me atraía poder surcar los cielos montada en una escoba o hacer hechizos con una varita mágica, lo que realmente me fascinaba eran las pócimas. A solas en una habitación oscura, mezclaba flores silvestres y frutos del bosque que machacaba a mi libre albedrío mientras me imaginaba los resultados que obtendría. En cierta ocasión, hasta me tocó una regañiza tremenda por parte de mi madre porque el día antes de un evento deportivo de la escuela me dio un dolor tremendo de panza después de tomarme una pócima que yo misma había preparado para correr más rápido.

—Me equivoqué... —empecé a decirle a mi madre mientras estaba recostada en la cama.

—Si aprendiste la lección, está bien —prosiguió ella, acariciándome la mejilla.

Supongo que se imaginó que con eso quise decirle que me arrepentía de haberlo hecho, pero en lo que yo en realidad estaba pensando mientras me frotaba el estómago era: «Me equivoqué en los pasos de la mezcla. La próxima vez me saldrá bien, seguro».

Grace fue mi primera maestra. En la escuela primaria, me había inscrito a la materia extraescolar de senderismo y en cierta ocasión ella vino de excursión con nosotros como invitada especial cuando estaba estudiando Botánica en la universidad. La señorita Grace nos enseñó los nombres de las flores y de los frutos comestibles durante el paseo. A medio camino, un compañero de clase se cayó tras tropezarse con una piedra y se raspó la rodilla. Entonces, la señorita Grace desapareció de repente, y al poco rato regresó con unas hojas que fue frotando con suavidad en la herida mientras repetía: «Chichin puipui». Chichin puipui... Ante tan graciosas palabras, todos los niños y las niñas se echaron a reír. Recuerdo que me fijé en que incluso el niño que se había hecho daño había pasado del llanto a la risa.

Había hecho magia. La señorita Grace era bruja.

No podía dejar de reír, pero por un motivo distinto al del resto de los niños; y me pasé observándola todo lo que quedaba de excursión. Incluso hasta cuando abrí el *bentō* del *lunch* yo seguía soltando risitas, y mis amigos me observaban con desconcierto.

La señorita Grace tenía la espalda erguida y llevaba unos bonitos aretes de minerales en los lóbulos de las orejas, que le sobresalían de la cabellera que se había recogido improvisadamente. Cuando el grupo se disgregó al final de la excursión, me acerqué a ella.

—Profesora, quisiera hacerle una pregunta —le comenté en voz baja.

—Dime, Cindy, ¿de qué se trata?

Me sorprendió que se acordara de mi nombre, porque lo había mencionado una única vez cuando nos habíamos presentado al inicio de la excursión.

—Este... ¿qué hojas eran?

—¡Aaah! —me respondió con una sonrisa, y después me dedicó un guiño—. Son unas hojas mágicas. Sirven para curar heridas.

¡Ya lo sabía! Qué alegría.

—¿Y esas palabras tan graciosas?

—¿Las de «chichin puipui»? Me las enseñó un amigo japonés. Es un hechizo para que el mundo sea maravilloso. ¿Verdad que es bonito?

—¡Mucho! —Respiré hondo y le pregunté decidida—: Profesora, ¿es usted bruja?

Ella me guiñó un ojo, se rio y, llevándose el dedo índice a los labios, dijo:

—Sssh... Es un secreto.

En aquel momento salté de alegría, pero después de aquello no volví a saber nada de ella. En todas las excursiones y campamentos posteriores a los que acudí, siempre me tocaban otros profesores. Hubiera querido aprender muchísimo más de magia con ella, y vivía arrepentida de no haberle pedido su contacto.

A raíz de aquello, consulté unos libros ilustrados de botánica por mi cuenta, y descubrí que había un sinfín de plantas que servían para desinfectar heridas y detener hemorragias. Pero no solo eso. También aprendí que las plantas tienen muchos más beneficios para el ser humano... ¡Eran mágicas! Saber aquello me emocionó tanto que empecé a devorar libros de aquel tipo, y a menudo visitaba el jardín botánico llena de excitación.

Por otro lado, por un collar que vi en el escaparate de la tienda de un anticuario, pronto descubrí también que las piedras preciosas de los aretes de la señorita Grace eran turquesas. Pegada al cristal del escaparate, repetí varias veces el nombre de la piedra, que estaba escrito en la etiqueta del collar. Investigué sobre el tema y descubrí que el turquesa es una piedra misteriosa muy preciada como talismán, que antaño se usaba en hechizos y rituales y que, además, se cree que está conectada con el espíritu de los difuntos y con el cosmos. De ahí que empezara a gustarme el turquesa y lo llevara como talismán: para llegar a ser una bruja. El turquesa era sin duda mi color. No sé por qué, pero era irremediable que fuera así.

En mi grupo de la escuela, había una chica japonesa que había venido a Sídney como estudiante de intercambio durante un año. Se llamaba Mako.

—¡Qué color tan bonito! —exclamó al ver mi pulsera turquesa—. En japonés se llama «mizuiro».

Mako lo escribió en una libreta y me enseñó que el kanji de *mizu* era 水y el de *iro*, 色; y que era el mismo color que el aguamarina. Ambas concordamos en que la transparencia del agua tenía un color misterioso.

—Oye, ¿conoces la expresión «chichin puipui»? —le pregunté, y Mako se rio, divertida.

—En Japón probablemente la conoce todo el mundo. Es un hechizo muy poderoso.

Aquel comentario me hizo pensar que eso quería decir que en Japón todo el mundo hacía magia. Y entonces comprendí que no sería de extrañar que la señorita Grace tuviera una amiga japonesa.

A medida que fui profundizando en el conocimiento de las plantas, también empezó a atraerme el mundo de la aromaterapia. En los manuales oficiales, se decía que en la Edad Media solían desterrar a quienes dominaban el uso de hierbas medicinales y aromáticas porque se las tildaba de brujas. Aquella historia me entristeció. Y me convenció de que tenía que honrar el legado mágico que nuestros ancestros femeninos nos habían dejado. Terminé la preparatoria al mismo tiempo que obtuve el certificado de aromaterapia y empecé a trabajar como instructora. Me encantaba enseñar el poder de las plantas a alumnos con los que compartía la misma pasión.

Cierto día, cuando ya llevaba cinco años trabajando en aquel centro, estaba buscando algo por internet cuando por casualidad encontré que la señorita Grace impartía clases en una escuela de aromaterapia en el Reino Unido desde hacía tres años. Lo único que tenía de ella era su nombre y una fotografía que nos habían sacado en aquella excursión, pero no me cupo ninguna duda de que aquella era la profesora Grace. Escribí un correo a la escuela de aromaterapia preguntando por ella, y me contestó ella misma en persona. Me invitaba a ir al Reino Unido si tenía ganas. Así que dejé el centro en el que trabajaba y me fui allí.

Lo único que lamentaba era que me había enamorado de Ralph, mi vecino del departamento de al lado. Ralph era barrigón, menudo y un poco calvo, tenía quince años más que yo y trabajaba en un banco. A pesar de que parecía acomplejado por sus rasgos, yo lo encontraba muy lindo. Su cuerpo redondo irradiaba amor y su rostro sonriente me transmitía mucha paz. Siempre cuidaba con mucho cariño las preciosas flores del balcón que se veían desde la calle y, a pesar de que vivía solo, por las noches se preparaba unas cenas que olían de maravilla. Era el tipo de persona que acompaña hasta casa a las ancianas que andan desorientadas por la calle y las hace reír con bromas tontas por el camino.

A pesar de tener clarísimos mis sentimientos y de saber que no quería que ninguna otra mujer me lo quitara, fui incapaz de confesárselo. Como tampoco pude decirle que iba a dejar Sídney, porque no tenía ni idea de cuándo iba a regresar.

En lugar de eso, le lancé un hechizo.

Justo antes de partir hacia el Reino Unido, conseguí terminar un afrodisíaco en el que llevaba un tiempo trabajando. Aceite esencial de ylang-ylang, extracto de loto, pétalos del amante eterno, un suspiro mío, unas gotas de destellos de luna llena... Y un ingrediente secreto. Todo ello mezclado con un agua de rosas especial. Después, me rocié de pies a cabeza con la mezcla, esperé fuera del departamento para encontrármelo antes de que se fuera a trabajar y, por casualidad, incluso conseguí caminar con él hasta la parada del autobús.

Mientras le hacía la trivial pregunta de cuál era su color preferido, me sacudí el cabello, acerqué la cabeza hacia él y puse todo mi empeño para que las partículas del afrodisíaco lo alcanzaran. Al contestarme que era el color naranja, su respuesta me pareció tan adorable como él y, de repente, como si del tráiler de una película se tratara, en mi cabeza apareció una imagen de Ralph feliz preparando sándwiches con su delantal naranja. Visualicé aquella imagen solo durante dos o tres segundos, pero entendí que a pesar de que en aquel entonces él trabajaba en un banco, más adelante administraría una tienda de desayunos. Era la primera vez que tenía una experiencia como aquella, pero no me sorprendió en absoluto, porque una parte de mí sabía que el amor verdadero puede provocar poderes mágicos de ese tipo.

«Cuando regrese a Sídney, buscaré una tienda de sándwiches con un cartel naranja. Espérame, Ralph».

Al separarnos, lo llamé «señor Naranja» para atrapar el futuro que acababa de visualizar y, al subir al autobús, pronuncié las palabras mágicas «chichin puipui» sin que él se diera cuenta, para de este modo cerrar el hechizo. En el Reino Unido, me reencontré con la señorita Grace y me centré todavía más en el estudio de la aromaterapia en su escuela. Ella se acordaba mucho de mí y me enseñó infinidad de cosas, no solo en sus clases, sino también en el ámbito personal. La ayudé siendo voluntaria en un centro médico y participando en actividades para la conservación de los bosques, y comprendí que las personas, la naturaleza y todos los seres vivos están conectados y se favorecen de un modo recíproco. En este mundo todo, absolutamente todo lo que respira está conectado con el resto. Entendí que reconocer, reflexionar, tener fe en las cosas, desearlas y llevarlas a la acción era esencial para llegar a adquirir los poderes de la señorita Grace.

—¡Por fin eres una bruja en toda regla, Cindy! —me

dijo ella riendo cuando me hizo entrega del certificado de la escuela.

En la actualidad, esa magia que hace que el mundo sea maravilloso la uso para un sinfín de cosas: para devolver la sonrisa a las personas que sufren, para arrebatar las armas a los corazones repletos de odio y darles un abrazo, y para conferir dulces sueños a quienes no pueden dormir en las noches de insomnio.

Y ahora que terminé de formarme con la señorita Grace en el Reino Unido, empezaré una nueva vida en Sídney: con el turquesa, la aromaterapia y el hechizo de «chichin puipui» para que el mundo sea más luminoso. Junto a mi encantador novio que viste un delantal naranja como el sol.

CAPÍTULO 10

SI NO TE HUBIERA CONOCIDO

[Negro · Sídney]

—¡Ay! —exclamé cuando se me prendió el foco al estar a punto de escribir «目を白黒させる».*

Estaba traduciendo al japonés un álbum ilustrado que me había encargado una editorial británica. El protagonista era un occidental de ojos azules. El original decía eso para mostrar la sorpresa del personaje, pero, como literalmente significa «poner los ojos en blanco y negro» y él tenía los ojos azules, pensé que poner aquella expresión allí quedaría extraño. Tampoco podía traducirlo por «ワシの目の黒いうちはそんなことは許さん!»,** porque literalmente significa «No lo permitiré mientras mis ojos sean negros». Suspiré, sonreí y pensé que, como a Grace le

* Se lee «Me wo shiroku saseru». *(N. de la t.).*

** «Waji no me no kuroi uchi wa sonna koto wa yurusan». *(Ídem.).*

gustaba mucho la lengua japonesa, lo consultaría con ella.

Tengo treinta y seis años recién cumplidos y nunca deja de sorprenderme que, a pesar de vivir en un único planeta, seres humanos y animales tengamos la tez de tamaños y colores diferentes y hablemos idiomas distintos. Si tan solo habláramos el mismo lenguaje, nos ahorraríamos un montón de problemas. Sin embargo, me siento agradecida de que la comunicación entre los humanos sea un poco compleja. Porque me encanta que se me haya dado la oportunidad de vivir de la traducción. Tomo las palabras en inglés, las transformo en mis propias palabras en japonés y las devuelvo al mundo.

La primera vez que pensé que quería ser traductora fue a los catorce años.

Como nunca había salido de Tokio y me encantaban los libros infantiles extranjeros, lo que más me gustaba en la vida eran las clases de inglés del colegio. Más que intérprete, disciplina que requiere hablar en público y tomar decisiones rápidas, yo prefería ser traductora para poder trabajar en solitario y sacar adelante los textos a mi ritmo.

Y el hecho de conocer a Grace enardeció tales deseos.

En el instituto me apunté a la materia extraescolar de inglés. En cierta ocasión, el profesor al cargo de los intercambios internacionales trajo una lista de alumnos de escuelas hermanas extranjeras con quienes podíamos cartearnos. Mantener correspondencia con alguien a quien no conocía de un país también desconocido para mí me pareció de lo más romántico. Con el corazón a mil, miré la lista, que contenía el país, el nombre y la edad de los estudiantes junto con un breve mensaje de ellos. Estados Unidos, Canadá, Singapur... Leí la lista varias veces con detenimiento.

Australia, Grace, catorce años. Sus palabras de presentación me deslumbraron: «Puedo hablar con las flores». Qué gracioso. No conocía a nadie así.

El sinfín de cartas que intercambiamos enriquecieron muchísimo mi adolescencia. Grace era realmente capaz de conversar con las plantas y los árboles. No solo captaba si necesitaban agua o luz, sino que incluso también le decían si al día siguiente iba a llover. A ella le encantaba charlar con ellas. Les contaba cosas como que se había peleado con su madre, que le gustaba un chico o que se había empezado a cartear con una chica japonesa (es decir, conmigo). Al parecer mantenía con ellas este tipo de conversaciones a menudo, y después me contaba lo que le respondían.

A mí me parecía maravilloso. Grace podía descifrar algo que a mí me era completamente ajeno como el lenguaje de las plantas y transmitirlo con sus propias palabras. Aquello era un acto de traducción en toda regla. Me divertía mucho leer lo que me contaba, pero no me cabe duda de que Grace se lo pasaba todavía mucho más en grande que yo.

De adulta, su relación con las plantas no cambió en absoluto. Jamás ha presumido de tener ese don ni se le ha llegado a escapar nunca de las manos, y con el tiempo se ha dedicado a ayudar a las personas mediante la aromaterapia y la herbología.

Mantuvimos la correspondencia hasta que ambas cumplimos veinte años y por fin pudimos conocernos en persona, un verano en que fui de visita a Sídney durante las vacaciones de la universidad.

—Pero ¡qué ojos negros más bonitos! —repitió Grace varias veces en el mismo instante en que me vio por primera vez, cuando fue a recogerme al aeropuerto.

A pesar de que en Sídney es habitual ver gente de nacionalidad japonesa, ella no dejó de alabar mis ojos negros, y eso que los suyos, de un color café claro transparente, eran preciosos.

—La negrura de tus ojos es distinta al resto, Atsuko. Tus pupilas son puras. Por eso lo ves todo con claridad, incluso las cosas que otros no consiguen ver.

Hasta aquel momento, yo nunca había reparado en mis ojos ni para bien ni para mal, pero el comentario de Grace me llenó de valentía y empecé a pensar que, de algún modo, tenían poderes especiales.

Después de graduarme en Filología Inglesa, encontré un trabajo en una agencia de traducción. Mi trabajo allí consistía en traducir documentos relacionados con productos importados y manuales de uso de máquinas. Podría decirse que era un buen trabajo, pero yo no me sentía especialmente orgullosa.

Lo que yo quería era traducir literatura, que las editoriales publicaran mis traducciones.

Para llegar hasta allí tuve que recorrer un largo camino. Fracasé en un sinfín de concursos de traducción literaria a los que me fui presentando, y las raras ocasiones en que llegué a ganar los premios de honor de tales concursos después tampoco me sirvió de nada para ejercer como traductora.

Sin embargo, por mucho que fracasara, yo seguía insistiendo. «¡Esta vez sí!», pensaba siempre. Pero los manuscritos en papel que enviaba terminaban en la basura, y los que mandaba por correo electrónico era como si jamás hubieran existido, porque en el mismo momento en que los enviaba me daba la impresión de que con ellos se desvanecían tanto el tiempo como el esfuerzo que les había dedicado. Cada vez que leía las traducciones ganadoras, me preguntaba entre suspiros qué tenían de distinto a las mías.

No obstante, Grace tenía más claro que yo que algún día llegaría a ser traductora. «Por supuesto que cumplirás tu sueño, Atsuko. ¡Serás una traductora maravillosa! Te lo garantizo», me animaba. Hasta qué punto llegaron a darme fuerzas aquellas palabras: que ella confiara tanto en mí me hacía pensar que quizá sería posible conseguirlo y alimentaba mis esperanzas de futuro.

Solía ir a verla a Sídney una vez al año, y en cierto viaje conocí a Mark, un diseñador de interiores. Hace cinco años, él me pidió matrimonio y nos casamos de repente, cuando yo tenía treinta y un años. Más que llevada por su entusiasmo, lo que me sedujo de él fue en realidad su «*No worries!*», su optimismo tan típicamente australiano. Como yo no quería dar la nota, en aquel momento no lo celebramos, pero sí que me quedé a vivir en Sídney.

Como no conseguí trabajo de inmediato, durante

un tiempo me dediqué a ir a la biblioteca a menudo, y descubrí que en Australia había muchos libros maravillosos que todavía no se habían traducido al japonés. Yo los devoraba con fervor y me afané en traducirlos en una libreta a pesar de no tener con quien publicarlos, solo por amor al arte.

Después de llegar a Sídney, muy a pesar de Mark, pasé la mayor parte de mi luna de miel con Grace, porque al poco tiempo ella iba a irse al Reino Unido para estudiar aromaterapia.

A partir de ahí, dejamos de cartearnos, porque por correo electrónico podíamos comunicarnos nuestros sentimientos con mayor celeridad. De modo que, gracias a internet, me siento tan cerca de Grace como si estuviéramos en la misma habitación.

Me pasaría la vida hablando con ella. Todavía a día de hoy, cuando abro un correo electrónico suyo, siento la misma emoción que cuando encontraba sus cartas en el buzón a nuestros catorce años. Hará dos años, Grace me mandó un correo diciendo que había tenido un sueño en el que yo aparecía vestida de novia y rodeada de plantas.

«Organiza pronto la ceremonia que tienes pendiente en el jardín botánico, por favor. Eso te hará ampliar horizontes tanto a ti como a muchas otras personas». Al parecer, se lo había dicho una planta.

Como no soy muy sociable, no tenía muchos amigos en Sídney. Sin embargo, organizar una celebración en Japón todavía me daba más pereza, porque allí tenía más parientes y conocidos a los que me vería en la obligación de invitar. Dado que soy hija única, pensé que a mis padres les haría ilusión que lo celebrara y que, si lo hacía en el extranjero, bastaría con invitar solo a los más cercanos. De modo que a las cuatro únicas personas a las que invité a la ceremonia íntima que celebramos en el jardín botánico fueron: mis padres, mi amiga de la infancia Pío y Grace.

Celebrar aquella boda informal con los más queridos resultó mejor de lo que me había imaginado, sobre todo porque Grace pudo venir finalmente. En aquel entonces, Pío tenía el sueño de abrir una tienda de lencería hecha a mano y le fascinó que Grace le contara que el azul era el color de la Virgen María. Me dijo que algún día confeccionaría una línea dedicada a tal color.

Los invitados de Mark eran todos de lo más animados, en su mayoría australianos, excepto un señor japonés de aspecto tranquilo con un vistoso lunar en medio de la frente que tendría unos cincuenta y pico años.

Al verlo, Mark salió corriendo para presentármelo.

—Es de mi círculo laboral y confío mucho en él. Llámale «maestro».

—¿Maestro?

—Sí. Es que tiene una maestría en una universidad australiana.

Al oír aquello, el maestro sonrió.

—No es solo por eso, pero, sí, me gusta que me llamen «maestro».

Al parecer, aquel señor tenía varios negocios y vivía alternando entre Japón y Sídney. Mark le hacía el diseño de interiores de tiendas y edificios.

—¿Sabes? El año pasado abrió una tienda de sándwiches. A ti también te gustó mucho, ¿verdad, Atsuko? Es aquella a la que fuimos juntos.

Recordaba la tienda. Era aquella de color naranja que administraba un señor muy risueño.

—¿De dónde eres? —me preguntó el maestro en un inglés fluido, en deferencia a Mark.

—De Tokio.

—¡Vaya! Yo ahora también vivo en Tokio, pero en realidad soy de Kioto. Allí tengo una pequeña galería. En la próxima exposición quiero colgar un cuadro de Mark. Es una verdadera lástima que solo se dedique a ello como *hobby*, porque su obra es maravillosa.

Mark le dedicó una profunda reverencia.

—¡Como recuerdo del día de hoy pintaré un cuadro del jardín botánico! ¡Cómo no!

Cuando el maestro supo que yo quería ser traductora, me recomendó a una editorial japonesa sin siquiera preguntarme por mi experiencia profesional. El editor me pidió primero una muestra de traducción, y a partir de ahí me fueron cayendo encargos. Cierto día, le solté a bocajarro que quería traducir un libro, y su reacción fue mejor de lo que me esperaba. De hecho, dicha obra de literatura infantil australiana se publicó en Japón el mes pasado.

—Para llegar hasta aquí recorriste un aciago camino, pero al final todo se desarrolló muy rápido, ¿no crees? —me comentó Mark.

Sin embargo, yo no creía que hubiera sido exactamente así. Más que recorrer un aciago camino, había necesitado aquel tiempo y experiencia para llegar a ser traductora.

Mi nombre aparecía en la portada. Lo acaricié un sinfín de veces con la yema de los dedos, me lo llevé a la mejilla, olí la tinta y abracé aquel libro que acababa de llegar al mundo.

Grace se alegró más que nadie por ello.

—Estaba segura de que lo lograrías —me dijo.

Era verdad. Ella lo llevaba prediciendo desde que teníamos catorce años.

Si no la hubiera conocido, seguramente yo no habría llegado a ser traductora. Como tampoco estaría viviendo en Sídney en mis condiciones actuales.

En marzo hay muy buena temperatura en Sídney. Me encontraba sentada en la terraza de una cafetería ante el puerto en Circular Quay escribiéndole un correo a Grace cuando percibí que alguien me observaba. Una chica joven de cabello rubio que estaba sentada en la mesa de al lado me estaba mirando. Diría que escribía una carta alguien, porque tenía las manos posadas sobre una hoja de papel y un sobre. Miré disimuladamente el encabezamiento de la carta y vi que decía: «Querida Mako». Después, nuestras miradas se cruzaron y yo le sonreí, y ella levantó los hombros con un suspiro.

—Disculpa que me haya quedado mirándote tan fijamente. Me estaba acordando de una amiga japonesa y...

—¿Es a ella a quien estás escribiendo?

—Sí. Es una chica que vivió en casa como estudiante de intercambio hace tiempo. Ahora lo que se estila es el correo electrónico, pero a nosotras nos gusta cartearnos.

—Claro. Mandarse cartas es muy bonito.

La chica asintió con dulzura y después dirigió la mirada hacia el mar. Los ferris iban y venían por debajo del puente de la bahía del puerto de Sídney.

—Si no la hubiera conocido, ahora mismo quizá no estaría viva —me confesó meneando la cabeza, mientras el cabello se le movía.

Sorprendida, volví la mirada hacia la chica y ella agachó un poco la cabeza.

—Es que pasé por una enfermedad, ¿sabes? Y, en el momento más crítico, mi amiga me salvó.

—¿Tu amiga es médico?

—No... Pero nuestra amistad se remonta a otra vida muy muy lejana.

«A otra vida».

Al oír aquello quedé atónita, y ella guardó la carta en su bolsa con una dulce sonrisa.

—Muchas gracias por haberme escuchado.

—Igualmente, me encantó conversar contigo —le respondí, y después le dediqué una reverencia.

La chica se levantó con un gesto grácil y se fue. Entonces, pensé que, en caso de que hubiera existido una vida anterior, sin duda habría tenido una profunda conexión con Grace. Quizá yo, que soy una apasionada del inglés, había sido anglófona en otra vida, y ella, con lo que le encanta Japón, japonesa. Es imposible saberlo, pero estoy convencida de ello.

—Siento haberte hecho esperar, Atsuko.

Mark acababa de llegar. Habíamos quedado de vernos en aquella cafetería porque yo había ido a hacer un mandado cerca de allí. Iba acompañado del maestro, que había venido a Sídney porque al día siguiente había una gran feria relacionada con el mundo del arte y el diseño en la ciudad. Más tarde aquella noche se celebraba una fiesta para los asistentes a la feria, y yo iba a acudir con ellos.

—Voy a por algo de beber, ¿está bien?

Mark se encaminó hacia el fondo de la cafetería. Me levanté y me dirigí al maestro en japonés:

—Cuánto tiempo —le dije a la vez que le dedicaba una reverencia con la cabeza.

El maestro sonrió despreocupado, como de costumbre.

—Leí el libro. ¡Felicidades!

—Muchas gracias. Todo fue gracias a usted, maestro. Gracias por haberme puesto en contacto con la editorial a pesar de que yo no tuviera ninguna experiencia.

El maestro se rascó la frente.

—La verdad es que... Si tengo buen ojo para algo es para la gente.

Ambos nos sentamos y observamos el mar. Aquel hombre misterioso parecía hacer las cosas sencillamente al buen azar.

—¿Usted también pinta cuadros?

—Yo no. Mi papel consiste en descubrir talentos y darlos a conocer al mundo. Me encanta sentir que los sueños están a un paso de hacerse realidad.

Mark regresó con dos capuchinos, y los tres nos enzarzamos en una conversación ligera.

—¡Por cierto! Acabo de reunirme con un cliente en Paddington —empezó a decir Mark, como si acabara de recordar algo. Paddington era el nombre de un barrio de la ciudad, donde todos los sábados se organizaba un gran mercadito de segunda mano en los alrededores de una iglesia—. En el mecadito encontré un cuadro. No sé por qué, pero me trajo recuerdos de la infancia y se me escapó una lágrima. En cuanto lo vi supe que tenía que comprarlo. Lo vendía una chica japonesa que lucía una larga cabellera. Me dijo que lo había pintado ella.

El cuadro era de un color verde pálido y tenía unas formas geométricas a las que atravesaba una suave luz. Estaba firmado en la parte inferior de la derecha con el nombre de «You».

El maestro asió el cuadro y se quedó observándolo durante unos instantes.

—¿Hasta qué hora está el mercadito? —preguntó susurrante.

—¿Eh? Yo diría que es hasta las cinco.

Miré el reloj de pulsera. Eran las tres. Hasta Paddington, desde allí había unos quince minutos en autobús. El maestro se levantó de su asiento.

—Lo siento. Vayan ustedes adelantándose a la fiesta. ¡Tengo que ver los cuadros de esta chica!

El maestro se dirigió a paso ligero hacia la parada del autobús.

Atónitos, Mark y yo vimos cómo se alejaba. Y yo me quedé pensando en todas las acepciones que la palabra «maestro» tiene en japonés: título posuniversitario, persona responsable, jefe, profesor, propietario, experto en algo, organizador y, también, la raíz de algo.

Entonces entendí por qué le gustaba que lo llamaran así. Él se dedicaba a hacer de punto de partida para las personas o para que les ocurrieran cosas. Seguramente, habría mucha gente cuya luz no habría brillado en este mundo si no lo hubieran conocido. Sin embargo, bien pensado, en mayor o menor medida, quizá todos nosotros hayamos ejercido ese rol en alguna ocasión y, sin saberlo, hayamos influido en la vida de alguien.

La brisa marina soplaba con intensidad, y las sombrillas de la terraza de la cafetería se zarandeaban. Un perro al que llevaban de paseo se acercó a los pies de Mark con ademán juguetón. El dueño se inquietó y jaló la correa hacia él.

—¡Basta, Jack! Disculpe.

—Uy, no se preocupe —respondió Mark con una sonrisa, y acarició al perro con suavidad.

Solía ocurrir. Él nunca les decía nada, pero por alguna extraña razón los perros siempre se le acercaban.

—¡Increíble cuánto te quieren los perros, Mark! —le comenté, y él asintió.

—Sí, yo creo que en otra vida fui un perro —dijo con tanta seguridad en sí mismo que, de la sorpresa, puse los ojos, literalmente, «en blanco y negro».

CAPÍTULO 11

UNA PROMESA TRICOLOR

[Lila · Sídney]

Mako me había mandado una carta desde Japón, donde ahora vive. El sobre también contenía un separador plastificado con un cordón hecho por ella misma con un papel *washi* blanco en el que había pegado una preciosa flor seca de color rosa. A pesar de haber nacido y crecido en Australia, yo también conocía aquella flor. Precisamente gracias a ella. Las flores del cerezo marcaban el inicio de la primavera, y a Mako le encantaban. Mientras ella todavía vivía en Sídney, un magnífico día del mes de octubre me la llevé a dar un paseo por uno de mis lugares preferidos, donde los árboles de jacarandas que hay a lo largo de la calle forman un arco de un espléndido color lila. Los pétalos caídos tiñen el suelo del mismo color, y eso es también precioso. En Australia, la flor que simboliza la primavera es precisamente la jacaranda.

—Me encanta ver las jacarandas en esta calle. Cuando

veo este paisaje teñido de púrpura, siento que llegó la primavera —le comenté aquel día a Mako. A ella se le iluminó la mirada y fue entonces cuando me habló de las flores del cerezo.

Los japoneses sienten la primavera cuando florecen los cerezos, que se plantan a lo largo de las calles como la jacaranda, y cuyo rosa claro se asemeja al lila pálido de esta. En Tokio, el mejor mes para ver las flores del cerezo es en abril.

Me resultó muy extraño pensar que, en Japón, sea primavera en abril. Del mismo modo que a Mako le debe de resultar muy raro también que la primavera en Australia sea en octubre.

—¡Cómo me gustaría que lo vieras, Mary! En Japón yo también tengo mi sitio preferido para ver las flores del cerezo —me dijo ella aquel día, y yo asentí.

—¡Sí! ¡Algún día iré a Tokio en abril para que me las enseñes! —me salió comentar con total espontaneidad, sin ánimo de decirlo solo para quedar bien.

Mako se me quedó mirando fijamente mientras contenía la respiración durante un instante y, acto seguido, me dedicó una amplia sonrisa.

—¡Trato hecho!

Diez años atrás, cuando estaba en la preparatoria, Mako vivió en mi casa durante un año como estudiante de intercambio.

Todavía a día de hoy recuerdo con total claridad lo que sentí en el instante en que la vi por primera vez.

Nostalgia. Mucha nostalgia.

Al verla tuve la sensación de que me despertaba un recuerdo de antaño, como si de repente me poseyera un yo anterior a mí. A aquella chica ya la conocía. Me pareció que ya albergaba recuerdos de ella. Pero en aquel entonces no entendí qué significaba aquello.

Yo nací con un pequeño problema de corazón, pero, mientras no hiciera ningún esfuerzo físico, podía hacer mi vida como cualquier otro niño o niña. Aun así, de pequeña tendía a quedarme en casa. Como mis padres se dieron cuenta de que era introvertida, decidieron empezar a tener estudiantes de intercambio para que pudieran tener contacto con chicas de mi edad. La mayoría de las japonesas que vinieron se preocupaban por mí y me advertían que no hiciera esfuerzos. Sin embargo, más allá de eso, me daba la sensación de que no sabían cómo tratarme y que cuando salían a divertirse con sus amigos o hacían una excursión les costaba contármelo.

Sin embargo, con Mako no había esa barrera. Ella me contaba todo lo que veía y todo lo que le decían gestualizando con teatralidad. Por nimio que fuera lo que hubiera descubierto, me lo explicaba con esa mirada intensa de quien encontró un un tesoro. Esos momentos con Mako eran para mí tan dichosos como una cosecha en tierra árida.

Más adelante, comenzó a sacarme de casa sin que tuviera ninguna obligación a hacerlo. De modo que, poco a poco, empecé a pasar tiempo al aire libre, a admirar los colores de los paisajes y a apreciar los momentos que pasaba en las cafeterías. Mako era cinco años menor que yo y me guiaba como quien no quiere la cosa desde una posición como de hermanita pequeña.

Mako y yo podíamos pasarnos un sinfín de horas charlando. Como también haciendo cada una lo suyo en silencio en la misma habitación sin que nos molestara en absoluto. ¿Cuántas cartas nos habremos mandado desde que regresó a Japón? Nunca nos prometimos nada, pero el hecho de estar convencida de que pronto llegaría una respuesta de ella me mantenía en pie los días en que yo me sentía sin fuerzas.

El inglés de Mako fue mejorando mucho, hasta el punto en que a veces parecía que las cartas estuvieran escritas por una persona nativa. Dado que en una carta le escribí que me encantaban las hojas finas en las que escribía y los sobres ribeteados con unas líneas tricolor, Mako se ha mantenido siempre fiel a su estilo. Lo único que ha cambiado es la pluma con la que me escribía por una que yo le mandé.

«¡Qué ganas tengo de verte!», nos decíamos una y otra vez, pero eso nunca llegaba a suceder. Mako fue a la universidad y, después de graduarse, se hizo profesora de conversación de inglés en una academia. Como ella tenía que dar clases, le era difícil tomarse unas vacaciones largas, y, como yo nunca sabía cuándo iba a pasar por una crisis, no podía viajar al extranjero.

Desde que regresó a Japón, no nos habíamos vuelto a ver. Sin embargo, seguimos carteándonos regularmente sin interrupción. Aunque, como es obvio, podríamos haber usado el correo electrónico, a nosotras nos gustaban las cartas para poder sostener el papel firmemente entre las manos. Para mí, aquellas cartas que me llegaban del otro lado del mar eran como la mismísima Mako.

En junio del año pasado, mi salud empeoró, dado que mi condición cardíaca crónica se había agravado. Después de estar hospitalizada todo un mes, el médico me informó que era un poco difícil que me trataran en aquel hospital, y que escribirían un informe con mi historial para trasladarme a otro más grande que tenía mejores equipos en el centro de Sídney. Yo me opuse a ello.

El centro hospitalario en el que estaba ingresada se encontraba a las afueras de la ciudad y desde la ventana de mi habitación tenía unas vistas al mar magníficas. A mí aquellas vistas me gustaban, como también la amplitud de mi habitación, y el médico y las enfermeras que me trataban.

En el hospital al que el médico sugirió trasladarme ya había estado ingresada unos años atrás durante una semana para hacerme pruebas. Desde la ventana no se veían más que edificios, el personal iba de aquí para allá ajetreado y el lugar olía a desinfectante. Por muy buenos equipos que tuvieran, estaba harta de sentirme incómoda en lugares como aquel.

«Si tengo que morirme, prefiero que sea aquí».

Eso fue lo que escribí a Mako en una carta cierto día del mes de julio.

Ya desde bien pequeña tenía asumido que no viviría por mucho tiempo. En cierta ocasión en que mi madre me llevó al hospital antes de empezar la primaria, me pidieron que me esperara fuera de la sala donde me habían hecho unas pruebas. Desde allí asomé la cabeza por la puerta y me encontré a mi madre y al médico hablando entre susurros. Mi madre fruncía el ceño con expresión de sufrimiento en el rostro, como si fuera ella la enferma, a pesar de que gozaba de buena salud. No olvidaré nunca aquella imagen.

A partir de aquel día, viví con miedo a morir, sin expectativas de nada, esperando mi aciago final.

Cuando Mako recibió mi carta, llamó al hospital en el que estaba ingresada. Era la primera vez que lo hacía. En aquella llamada internacional que entró en la enfermería, Mako me suplicó que me trasladaran de inmediato a un centro hospitalario más grande para que pudiera recuperarme.

—¿Olvidaste lo que me prometiste, Mary?

Mako lloraba al otro lado del auricular.

—¿Lo que te prometí?

Me sentí mal, pero no recordaba haberle prometido nada.

—Está bien que no lo recuerdes, pero yo seguiré esperándote con ilusión —dijo, y después colgó el teléfono.

Su voz parecía tan molesta que pensé que quizá ya

no querría saber nada más de mí. Sin embargo, una semana más tarde, me llegó una carta suya que rebosaba optimismo y buen ánimo. En el margen de la primera hoja había una mancha de color café, como si se le hubiera derramado una bebida, con un sándwich al lado en el que había escrito: «Anímate con un chocolate caliente, por favor».

«Si a ti te gusta el hospital en el que estás, entonces quizá será mejor que no te transfieran y que te recuperes poco a poco allí», me decía también en aquella carta. Me pregunté por qué habría cambiado de opinión tan de repente, con todo lo que se había opuesto a que me quedara allí. «En cierta ocasión alguien me comentó que se han dado casos de gente que se ha recuperado por el mero hecho de estar en un lugar que les gusta».

Al leer aquella oración, por fin caí en la cuenta.

La promesa que le había hecho a Mako de ir a ese lugar que tanto le gustaba para ver las flores del cerezo un mes de abril.

Le escribí en respuesta sin demora.

«Me recuperaré de aquí al otoño, e iré a Tokio para ver las flores del cerezo contigo». No obstante, mi enfermedad fue avanzando gradualmente. A finales de aquel año, tras un examen exhaustivo, concluyeron que debía someterme a una intervención quirúrgica bastante complicada. En el caso de que saliera bien, gozaría de una salud como cualquier otra persona sin problemas. Sin embargo, la operación era de alto riesgo. El médico me dijo que las probabilidades de éxito eran del cincuenta por ciento, y que, si me operaba, debía ser consciente de que cabía la posibilidad de que no volviera a despertarme.

Estaba aterrada, pero había un cincuenta por ciento de probabilidades y quería intentarlo. Me operaría y me pondría bien para ver los cerezos en flor con Mako. Aquello fue lo que me prometí a mí misma.

Durante la operación, bajo los efectos de la anestesia, tuve una visión algo difusa.

¿En qué época había sucedido aquello? En un pequeño pueblo australiano, dos niñas se daban un abrazo. La hermana mayor le daba una flor con delicadeza a su escuálida hermana menor, que yacía en cama.

Poco a poco, aquellos recuerdos borrosos se fueron tornando claros. Yo era la hermana que siempre estaba enferma; y Mako, la que siempre estaba ahí para cuidarme. En otra vida muy muy lejana habíamos sido hermanas.

Aquella vida anterior la había pasado aterrorizada

por la idea de morir. Y la actual también. Tener miedo a morir es lo mismo que tener miedo a vivir.

—En la pradera hay un montón de flores como esta. ¡Son preciosas! Iremos a verlas juntas, ¿de acuerdo? —me dijo aquel día mi hermana.

—Sí —asentí, a pesar de que sabía que aquello era imposible, puesto que llegar caminando a la pradera me hubiera llevado un par de horas.

En aquel momento, la pradera estaba demasiado lejos para mí.

A continuación, me envolvió una gran luz. Aquella sensación ya la había experimentado antes en una vida anterior, cuando yo todavía era muy pequeña, pero entonces extendí la mano hacia aquella luz sin vacilar.

Aquella vez, mi hermana gritó mi nombre.

Sin embargo, no le respondí. Porque estaba débil. Había llegado a mi límite, estaba exhausta de vivir con dolor. Estaba preparada para morir.

«Siento no haber ido a ver las flores contigo, hermanita».

En aquel entonces, le había soltado la mano a la vida.

Eran los recuerdos borrados de una vida anterior.

Aquello era lo que volvería a ocurrir. Aunque volviera a reencarnarme, volvería a olvidarlo todo.

—¡Mary! —De repente, detuve la mano que estaba acercando a la luz—. ¿Lo olvidaste, Mary? ¡Te espero con ilusión para que podamos cumplir nuestra promesa!

Aquella voz era la de Mako, anegada en lágrimas.

Con qué facilidad lloraba. Mako era mucho más fuerte que yo, pero podía llegar a llorar incluso por ver una flor marchita. Recordé cierta ocasión en que Mako me había representado, emocionada, un musical que había ido a ver a la ópera. Y el día en que vio el pedazo de ternera australiana en la barbacoa y se le pusieron los ojos como platos, exclamando que era enorme. Y el día que fuimos a la playa y me hizo compañía bajo la sombrilla porque yo no podía nadar, y comimos *fish & chips* sin parar de charlar. Y cuando, por las noches, nos poníamos en el balcón y buscábamos juntas la constelación de la Cruz del Sur. Recordé también el último día que Mako pasó en Sídney, cuando dormimos en mi cama con las manos entrelazadas y las cabezas pegadas. «Ojalá mañana no llegara nunca», me dijo Mako, llorando para variar. Por supuesto, yo aquel día también lloré.

Y las cartas de Mako. Aquellas cartas repletas de calidez mediante las que compartíamos la una con la otra los alejados mundos en que vivíamos. Tenía una caja repleta de ellas.

Muchas gracias por haber venido a Sídney, Mako. Gracias por haber aparecido en mi vida. Recuerdo con claridad cuándo nos conocimos por primera vez.

La nostalgia que me entró al ver tu sonriente rostro...

¿Era nostalgia...?

Sí.

En ese momento, volví a caer en la cuenta. Yo ya conocía a aquella chica. No había borrado todos los recuerdos de mi otra vida, sino que los más indispensables permanecían en mí.

En ese mismo instante recordé que Mako era una persona importante para mí. La promesa que en aquel entonces no pude cumplir podría llevarla a cabo al fin. Se me estaba brindando una segunda oportunidad.

—¡Mary!

Era la voz de Mako que me llamaba.

Esta vez sí pude responder.

—¡Mako!

Escogí vivir.

Me aferré con todas mis fuerzas a esta vida.

No porque en otra vida hubiéramos sido hermanas, sino por lo que somos ahora.

Cuando la operación llegó a su fin, abrí los ojos. Mi nueva yo me estaba esperando.

Bajo un cielo otoñal del mes de abril, me subí a un avión en el aeropuerto de Sídney. Después de la cirugía, los médicos se sorprendieron de lo rápida que había sido mi recuperación, a pesar de que a mí me pareció de lo más natural. Me había recuperado justo a tiempo para la floración de los cerezos, porque, aunque la jacaranda permanece en flor a lo largo de toda la primavera, las flores del cerezo solo pueden verse durante pocos días. Por tanto, no tenía tiempo que perder.

Visité Tokio por primera vez. Me reuní con Mako después de diez años sin vernos. Juntas, contemplamos las flores de los cerezos en su máximo esplendor a lo largo del río.

La ribera estaba a rebosar de gente que había acudido a contemplar las flores.

—Oye, Mako. ¡La próxima vez te toca a ti venir a Sídney para que veamos juntas las jacarandas! —le dije.

Mako sonrió, moviendo la cabeza y su castaña melena, y asintió con vehemencia.

—¡Trato hecho!

Pensé que vivimos sin saber qué sucederá en el próximo segundo. A veces nos llegan cosas que no dependen únicamente de nuestra voluntad y ante las que no podemos oponernos. Cuando lo hacemos, nuestras inseguridades aumentan y nosotros mismos nos colocamos en los peores escenarios. Incluso cuando somos los artífices de nuestras vidas, nos aterra que alguien decida nuestro futuro por nosotros, como si ya estuviera escrito.

Sin embargo, en verdad, nada de todo eso es real. Aquel día, allí, lo único de lo que verdaderamente podía estar segura era de que yo estaba respirando, que Mako sonreía y que los cerezos habían florecido.

Los pétalos flotaban errantes sobre la superficie del agua.

Viviré ilusionada a la espera de que llegue ese día.

Y, cuando Mako vuelva a Sídney y veamos juntas las jacarandas, haremos otra promesa. Aquello fue lo que me juré a mí misma mientras observaba embelesada los pétalos arrastrados por la corriente.

CAPÍTULO 12

UNA CARTA DE AMOR

[Blanco · Tokio]

Te escribo esta carta sentada en el lugar de siempre.

Quisiera declararte mis sentimientos tomándome mi tiempo, tranquilamente, mientras saboreo el chocolate caliente que acabas de servirme.

Desde que empecé a venir al Marble Café, el ciclo de las estaciones ya ha dado una vuelta y media. No me molesta la impersonalidad de las cafeterías de grandes cadenas, pero me encanta el ambiente relajado y tranquilo de este café donde cada rincón es único.

También me divierte que de vez en cuando cambien los cuadros de las paredes. Tengo la sensación de que las pinturas al pastel con círculos verdes que colgaron la semana pasada me resultan familiares.

Como no llevas ninguna etiqueta con tu nombre ni hay ningún otro empleado que se te dirija, ignoro cómo te llamas en realidad. Lo único que sé de ti es que eres un chico muy trabajador y que quizá seas un poco menor que yo.

Pero no me importa. Desde que empecé a venir a esta cafetería te puse un nombre secreto.

Fue un níveo día de invierno en que nevaba.

Regresaba de comprar paseando a lo largo del río cuando por primera vez me fijé en una luz que había detrás de un gran árbol al otro lado del puente. Seguramente hasta ese momento no la había visto, porque siempre me quedaba embelesada mirando la hilera de cerezos. Detrás de los árboles desnudos, apareció el Marble Café. Hacía tanto frío que crucé el río con la intención de entrar en calor. Dentro de la cafetería se estaba tan calentito y se respiraba tanta paz que me entraron ganas hasta de llorar. Pensé que los ficus de la entrada lucían frondosos y que parecían contentos de estar allí, y que las sencillas sillas y las sólidas mesas de madera invitaban a los clientes a entrar.

Me senté en un rincón junto a la ventana y suspiré aliviada. Tenía las manos entumecidas y las mejillas y las orejas congeladas, pero una vez allí empecé a entrar en calor y me dio la sensación de que el cuerpo se me derretía. En la mesa de al lado había un niño con un corte de cabello tipo hongo acompañado de su joven padre. El niño tenía un avión de juguete en las manos y se divertía haciéndolo volar mientras decía «fiuuu» entre risas. Debían de haber llegado un poco antes que yo, porque estaban esperando a que les sirvieran lo que acababan de pedir.

Abrí el menú y empecé a dudar entre si pedir un café con leche o un Earl Grey cuando tú les llevaste las bebidas a la mesa.

—¡Vaya! ¡El chocolate de Taku! —exclamó el niño, feliz al ver que llegaba su chocolate.

El niño pronunció «chocolate» de un modo tan gracioso que no pude evitar volver la mirada hacia ellos. Tú primero serviste un café al padre y después dejaste la taza de chocolate con suavidad delante de Taku.

—Aquí tienes tu chocolate. Está caliente. Ten cuidado, por favor —le dijiste sonriente a Taku.

Cualquier otro mesero le habría dicho al niño «Cuidado que quema», pero tú se lo advertiste con un tono que desprendía tanto respeto por las personas como satisfacción por tu trabajo, y eso me cautivó el corazón. Te dirigiste a aquel niño que todavía debía de ir al jardín de niños con el respeto de un adulto, a la vez que pronunciabas «chocolate» con suma ternura.

«Qué personalidad tiene este chico», pensé.

Tu honestidad no seguía las normas al uso.

Cuando dejaste la mesa del padre y del hijo, te llamé para pedirte yo también mi orden.

—Un chocolate caliente, por favor.

—Entendido, un chocolate caliente —repetiste con una sonrisa en los labios.

Volví a saborear aquel «chocolate» amargo que, esta vez, salió de tus labios con algo más de dulzura de la que le dedicaste a Taku, y me esforcé por contener una sonrisa.

Cuando te conocí, comprendí por primera vez que en la vida no solo existe el «amor a primera vista», sino también el «amor a primera voz».

Fue en aquel momento cuando te puse tu nombre secreto: «Chocolate».

Desde aquel día, dentro de mí siempre me he referido a ti de este modo.

Vengo a esta cafetería a escribir cartas a una amiga que está en Sídney.

Cuando estudiaba la preparatoria, estuve viviendo un año en Sídney con un programa de intercambio. Ella, Mary, es la hija única de la familia de acogida con la que viví.

Fui allí para mejorar mi inglés pensando que se me daba bien, pero, en realidad, una vez que me encontré viviendo con nativos, me di cuenta de que no entendía nada y de que hablaba fatal.

Sin embargo, qué curioso. Mary y yo nos comunicábamos bastante bien con apenas pocas palabras. Tanto que de vez en cuando me daba la sensación de que nos entendíamos con una única mirada. Y eso que hay ocasiones en que malinterpreto o no entiendo lo que piensan los propios japoneses, con quienes se supone que comparto un mismo idioma. Quizá porque, realmente, a veces la comunicación no fluye.

De modo que entre Mary y yo la comunicación fluía. Cuando ella me hablaba, a pesar de que en la conversación introdujera vocabulario que yo desconocía, yo la entendía sin dificultad. También a la inversa, cuando yo me quedaba atorada con el inglés, ella comprendía muy deprisa lo que yo quería decirle. Entretanto, llegó un momento en que las palabras empezaron a fluir de mis labios con naturalidad cuando estaba con ella. Fue como si de repente «recordara» un idioma con el que ya me había comunicado en el pasado. Como si volviera a ser una australiana relajada cuya lengua materna fuera el inglés y, de algún modo, volviera a sentirme realmente yo misma. Aunque, a decir verdad, como ese milagro solo me ocurría con ella, tuve que estudiar mucho para llegar a aprenderlo bien.

Asimismo, el ejercicio de escribirle desde Japón para mí es también una suerte de repaso. Para reencontrarme conmigo misma en los días caóticos y seguir después de nuevo hacia delante.

Cuando descubrí el Marble Café, pensé que había encontrado el lugar ideal para escribir mis cartas, que era un sitio especial en el que podía relajarme, ser yo misma y comunicarme con Mary. Mary y yo jamás nos habíamos peleado, pero en cierta ocasión discutimos por teléfono. Fue el año pasado, cuando la hospitalizaron por una enfermedad de la que dependía su vida.

El médico le había aconsejado que la trasladaran a otro hospital más grande, pero ella se negó porque decía que prefería estar donde se encontraba. Yo, en un arranque egoísta, le dije que quería que hiciera ese traslado y que se esforzara al máximo para recuperarse. Tenía miedo de perder a mi mejor amiga, y quizá por eso no supe ponerme en sus zapatos.

Me puse muy triste y me entraron ganas de tomarme un chocolate caliente de los tuyos, de modo que vine a la cafetería, pero el asiento que me gusta estaba ocupado. Como no había nada que pudiera hacer, me senté en otra mesa y me quedé absorta en mis pensamientos durante un rato, hasta que de repente te dirigiste a mí.

—Tu asiento... Si te sientas donde te gusta, quizá te anime.

¿Sabes qué, Chocolate? No te puedes ni imaginar cuánto me sorprendiste, cuán feliz me hizo aquel gesto y qué alivio sentí en ese momento.

Habías limpiado la mesa que me gusta y relucía tanto que parecía que me estuviera llamando.

Realmente, estar en un lugar que te gusta hace que te animes. Pensé que tenías toda la razón del mundo.

Entonces al fin comprendí que, si Mary seguía estando donde a ella le gustaba estar, quizá sería lo mejor para ella. A mí misma me pasa, que estoy mucho más feliz aquí que en cualquier restaurante de lujo que no me evoca ningún recuerdo.

Siempre escojo este asiento porque en esta esquina me relajo, porque veo mis cerezos en flor preferidos a través de la ventana y también porque es el lugar donde me enamoré de ti aquel día de nieve. Siempre tomo asiento aquí sintiéndome acogida por este lugar, revivo hasta el más mínimo detalle de aquellos primeros momentos y te miro de soslayo mientras trabajas con distensión. Aprendí rápido a observarte sin cruzar la mirada contigo porque, de lo contrario, con lo trabajador que eres, vendrías hacia mí volando para preguntarme si necesito algo. Y, si eso llegara a suceder, a mí se me escaparía un «Me gustas».

Mary superó su enfermedad, se recuperó en un abrir y cerrar de ojos y hace poco vino a Tokio a visitarme. Juntas contemplamos los cerezos en flor del paseo de la ribera. Le prometí que la próxima vez sería yo la que iría a Sídney. Hay muchos sueños que nunca llegamos a cumplir, pero a veces estos acaban realizándose solo con dar un pequeño paso.

Contemplar los paisajes que nos maravillan con las personas que queremos en nuestros lugares preferidos y conversar sobre lo que nos gusta.

Diría que, de algún modo, la timidez me ha impedido cumplir este deseo tan esencial. Sin embargo, si no doy pasos adelante en su momento, podría quedarme estancada, y mis sentimientos podrían incluso desvanecerse antes de que llegara a cumplir mis deseos.

He pensado en ti un sinfín de veces mientras contemplaba el río que fluye bajo la hilera de cerezos. Siempre vengo al Marble Café los jueves, mi día libre, a las tres de la tarde. Siempre tomo el mismo asiento y pido lo mismo.

Con solo poder verte desde aquí, ya soy feliz.

Solo con poder pedirte un chocolate caliente sin necesidad de que intercambiemos ninguna otra palabra.

Sin embargo, he decidido dar un paso adelante en el tiempo y en el lugar.

Quisiera contemplar contigo los efímeros pétalos rosas, el verdor del nuevo follaje, el rojo intenso de los arces en otoño y el blanco inmaculado de la nieve.

Quisiera contarte mis cosas, y que tú me contaras las tuyas. Compartir infinidad de sueños, desde aquellos tan remotos como las estrellas hasta los más diminutos que podrían sostenerse en la palma de una mano.

Así pues, Chocolate:

¿Te quitarías el delantal y saldrías conmigo?

Disculpa que me haya alargado tanto. Estoy a punto de terminar de escribir mi primera carta de amor, meterla en un sobre y entregártela.

Así que, ya para finalizar, tan solo me gustaría añadir en ella una sonrisa y un consejo:

«Está caliente. Ten cuidado, por favor».